I0538315

Das Zeichen der Vier

ARTHUR CONAN DOYLE

Das Zeichen der Vier, A. C. Doyle
Jazzybee Verlag Jürgen Beck
86450 Altenmünster, Loschberg 9
Deutschland

ISBN: 9783849699062

www.jazzybee-verlag.de
www.facebook.com/jazzybeeverlag
admin@jazzybee-verlag.de

Cover Design: © Can Stock Photo Inc. / squidmediaro

Druck: Createspace, North Charleston, SC, USA

INHALT:

ERSTES KAPITEL.
BEOBACHTUNG UND SCHLUßFOLGERUNG.

Durch seinen Scharfsinn und seine unermüdliche Thatkraft erfüllte mich Sherlock Holmes stets von neuem mit Bewunderung. Wenn er jedoch das Rätsel gelöst hatte, so schien alle Geistesfrische von ihm gewichen, und mein Freund versank in völlige Apathie.

Ihn in diesem Instand zu sehen, war für mich äußerst peinlich, aber noch unleidlicher erschien mir das Mittel, welches er anwandte, um seinen Trübsinn zu verscheuchen.

Auch heute, als wir im Zimmer beisammen saßen, langte Sherlock Holmes die Flasche von der Ecke des Kaminsimses herunter und nahm die Induktionsspritze aus dem sauberen Lederetui. Mit seinen weißen, länglichen Fingern stellte er die seine Nadel ein, und schob seine linke Manschette zurück. Eine kleine Weile ruhten seine Augen gedankenvoll an den zahllosen Narben und Punkten, mit denen sein Handgelenk und der sehnige Vorderarm über und über bedeckt waren. Endlich bohrte er die scharfe Spitze in die Haut, drückte den kleinen Kolben nieder, und sank mit einem Seufzer innigsten Wohlbehagens in seinen samtenen Lehnstuhl zurück.

Seit vielen Monaten hatte ich diesen Hergang täglich dreimal mit angesehen, ohne mich jedoch damit auszusöhnen. Im Gegenteil, Tag für Tag steigerte sich mein Verdruß bei dem Anblick, und in der Nacht ließ mir der Gedanke keine Ruhe, daß ich zu feige war, dagegen einzuschreiten. So oft ich mir aber vornahm, meine Seele von der Last zu befreien, immer wieder erschien mir mein Gefährte, mit der kühlen, nachlässigen Miene, als der letzte Mensch, dem gegenüber man sich Freiheiten herausnehmen dürfe. Seine großen Fähigkeiten, die ganze Art seines Auftretens, die vielen Fälle, in denen er seine außerordentliche Begabung schon vor mir bethätigt hatte – das alles machte mich ihm gegenüber ängstlich und zurückhaltend.

Aber an diesem Nachmittage fühlte ich plötzlich, daß ich es nicht länger aushalten könne. Der starke Wein, den ich beim Frühstück genossen, mochte mir wohl zu Kopfe gestiegen sein, vielleicht hatte mich auch Holmes' umständliche Manier ganz besonders gereizt.

"Was ist denn heute an der Reihe," fragte ich kühn entschlossen, "Morphium oder Cocaïn?"

Er erhob die Augen langsam von dem alten Folianten, den er aufgeschlagen hatte.

"Cocaïn," sagte er, "eine Lösung von sieben Prozent. Wünschen Sie's zu versuchen, Doktor Watson?"

"Wahrhaftig nicht," antwortete ich ziemlich barsch. "Ich habe die Folgen des afghanischen Feldzugs noch nicht verwunden und kann meiner Konstitution dergleichen nicht zumuten."

Er lächelte über meine Heftigkeit. "Vielleicht haben Sie recht, der physische Einfluß ist vermutlich kein guter. Ich finde aber die Wirkung auf den Geist so vorzüglich anregend und klärend, daß alles andere dagegen von geringem Belang ist."

"Aber überlegen Sie doch," mahnte ich eindringlich, "berechnen Sie die Kosten! Mag auch Ihre Hirnthätigkeit belebt und erregt werden, so ist es doch ein widernatürlicher, krankhafter Vorgang, der einen gesteigerten Stoffwechsel bedingt und zuletzt dauernde Schwäche zurücklassen kann. Auch wissen Sie ja selbst, welche düstere Reaktion Sie jedesmal befällt. Wahrlich, das Spiel kommt Sie zu hoch zu stehen. Um eines flüchtigen Vergnügens willen setzen Sie sich dem Verlust der hervorragenden Fähigkeiten aus, mit denen Sie begabt sind. Ich sage Ihnen das nicht nur als wohlmeinender Kamerad, sondern als Arzt, da ich mich in dieser Eigenschaft gewissermaßen für Ihre Gesundheit verantwortlich fühle. Bedenken Sie das wohl!"

Er schien nicht beleidigt. Seine Ellenbogen auf die Armlehnen des Stuhls stützend, legte er die Fingerspitzen gegeneinander, wie jemand, der sich zu einem Gespräch anschickt.

"Mein Geist," sagte er, "empört sich gegen den Stillstand. Geben, Sie mir ein Problem, eine Arbeit, die schwierigste Geheimschrift zu entziffern, den verwickeltsten Fall zu enträtseln. Dann bin ich im richtigen Fahrwasser und kann jedes künstliche Reizmittel entbehren. Aber ich verabscheue das nackte Einerlei des Daseins; mich verlangt nach geistiger Aufregung. Das ist auch die Ursache, weshalb ich mir einen eigenen, besondern Beruf erwählt oder vielmehr geschaffen habe; denn ich bin der Einzige meiner Art in der Welt."

"Der einzige, nicht angestellte Detektiv?" – fragte ich mit ungläubiger Miene.

"Der einzige, nicht angestellte, *beratende* Detektiv," entgegnete er. "Ich bin die letzte und sicherste Instanz im Detektivfach. Wenn Gregson, oder Lestrade, oder Athelney Jones auf dem Trocknen sind – was, beiläufig gesagt, ihr normaler Zustand ist – so wird *mir* der Fall vorgelegt. Ich untersuche die Thatsachen als Kenner und gebe den Ausspruch des Spezialisten. Mein Name erscheint in keiner Zeitung, ich beanspruche keinerlei Anerkennung. Die Arbeit an sich, das Vergnügen, ein angemessenes Feld für meine besondere Gabe der Beobachtung und Schlußfolgerung zu finden, ist mein höchster Lohn. – Uebrigens bin ich nicht ganz unbekannt; meine kleinen Schriften werden sogar jetzt ins Französische übertragen."

"Ihre Schriften?"

"O, wußten Sie es nicht?" rief er lachend. "Sie behandeln lauter technische Gegenstände. – Hier ist z. B. eine Abhandlung ›Ueber die Verschiedenheit der Tabaksache‹. Ich zähle da hundert und vierzig Sorten auf: Rauchtabak, Zigarren und Zigaretten, deren Asche sich unterscheiden läßt, wie Sie aus den beigedruckten, farbigen Tafeln ersehen. Vor Gericht ist das oft von der größten Bedeutung. Wenn man z. B. mit Bestimmtheit sagen kann, daß ein Mord von einem Manne verübt worden ist, der eine indische Lunkah rauchte, so wird dadurch offenbar das Feld der Untersuchung wesentlich beschränkt. Für das geübte Auge unterscheidet sich die schwarze Asche der Trichinopolly-Zigarre von den weißen Fasern des Birds Eye-Tabaks wie ein Kohlkopf von einer Kartoffel."

"Sie haben ein außerordentliches Genie für kleine Nebendinge," bemerkte ich.

"Ich erkenne ihre Wichtigkeit. – Hier ist ferner mein Aufsatz über die Erforschung der Fußspuren, mit Anmerkungen über den Gips als Mittel, die Abdrücke zu bewahren. Dies hier ist ein kleines, merkwürdiges Schriftchen über den Einfluß des Handwerks auf die Form der Hand, mit Abbildungen der Hände von Dachdeckern, Schiffern, Zimmerleuten, Schriftsetzern, Webern und Diamantschleifern. Das ist von großem praktischen Interesse für den wissenschaftlichen Detektiv, besonders wo es sich um die Erkennung von Leichen oder um die Vorgeschichte der Verbrecher handelt. – Aber ich langweile Sie mit meinem Steckenpferde."

"Durchaus nicht," erwiderte ich eifrig. "Ich interessiere mich sehr dafür, seit ich Gelegenheit hatte, Zeuge seiner praktischen Anwendung zu sein. Sie sprachen soeben von Beobachtung und Schlußfolgerung, sind diese nicht in gewissem Grade gleichbedeutend?"

"Hm – kaum."

Er lehnte sich behaglich in den Lehnstuhl zurück und blies dichte blaue Wollen aus seiner Pfeife. "Die Beobachtung zeigt mir z. B., daß Sie heute früh in der Wigmorestraße auf der Post gewesen sind, aber die Schlußfolgerung läßt mich wissen, daß Sie dort ein Telegramm aufgegeben haben."

"Richtig! Beides trifft zu," rief ich. "Aber wie in aller Welt haben Sie das herausgebracht? Der Gedanke kam mir ganz plötzlich, und ich habe keiner Seele etwas davon gesagt."

"Das ist lächerlich einfach," sagte er, vergnügt über mein Erstaunen, "und erklärt sich eigentlich ganz von selbst; es kann jedoch dazu dienen, die Grenzen der Beobachtung und der Schlußfolgerung festzustellen. – Die Beobachtung sagt nur, daß ein kleiner Klumpen rötlicher Erde an Ihrer Fußsohle klebt. – Nun wird aber gerade beim Postamt in der Wigmorestraße das Pflaster ausgebessert, und dabei ist die ausgeworfene Erde vor den Eingang zu liegen gekommen. Diese Erde hat eine absonderliche, rötliche Färbung, wie sie, soviel ich weiß, sonst nirgends in der Umgegend vorkommt. Das ist die Beobachtung. Das übrige ist Schlußfolgerung."

"Und wie folgerten Sie das Telegramm?"

"Je nun, ich wußte natürlich, daß Sie keinen Brief geschrieben hatten, da ich den ganzen Morgen Ihnen gegenüber gesessen habe. In ihrem offenen Pult dort liegt auch noch ein Vorrat von Briefmarken und Postkarten. Wozu könnten Sie also auf die Post gegangen sein, außer um eine Depesche abzugeben? – Räumt man alle andern Faktoren fort, so muß der, welcher übrig bleibt, den wahren Sachverhalt zeigen."

"In diesem Fall trifft das zu," erwiderte ich nach einigem Bedenken. "Die Lösung war allerdings höchst einfach. Ich möchte jedoch Ihre Theorie einmal einer strengeren Probe unterwerfen, wenn Sie das nicht unbescheiden finden?"

"Im Gegenteil," versetzte er, "es wäre mir sehr lieb; wenn Sie mir irgend ein Problem zu erforschen geben, brauche ich heute leine zweite Dosis Cocaïn zu nehmen."

"Ich habe Sie einmal behaupten hören, daß der Mensch den Gegenständen, welche er im täglichen Gebrauch hält, fast ausnahmslos den Stempel seiner Persönlichkeit aufdrückt, so daß ein geübter Beobachter an den Sachen den Charakter ihres Eigentümers zu erkennen vermag. Nun habe ich hier eine Uhr, die mir noch nicht lange gehört. Würden Sie wohl die Güte haben, mir Ihre Meinung über die Eigenschaften und Gewohnheiten des früheren Besitzers zu sagen?"

Ich reichte ihm die Uhr, nicht ohne ein Gefühl innerer Belustigung. Die Aufgabe war nach meinem Bedünken unlösbar; ich wollte ihm damit nur eine kleine Lehre geben wegen des allzu anmaßenden Tones, den er zuweilen annahm. Er wog die Uhr in der Hand, blickte scharf auf das Zifferblatt, öffnete das Gehäuse und untersuchte das Werk; erst mit bloßen Augen, dann durch ein starkes Vergrößerungsglas. Als er endlich mit entmutigtem Gesicht die Uhr wieder zuschnappte und mir zurückgab, konnte ich mich kaum eines Lächelns enthalten.

"Da giebt's nur wenige Anhaltspunkte," bemerkte er. "Die Uhr ist neuerdings gereinigt, was mich um die besten Merkmale bringt."

"Ganz recht." erwiderte ich. "Sie wurde gereinigt, ehe man sie mir sandte."

Holmes brauchte diesen schwachen Vorwand offenbar nur, um seine Niederlage zu verdecken. Was für Anhaltspunkte hätte er denn bei einer *nicht* gereinigten Uhr finden können?

"Die Untersuchung ist zwar unbefriedigend, jedoch nicht ganz erfolglos," führ er fort, während er mit glanzlosen Augen träumerisch nach der Stubendecke starrte. "Irre ich mich, wenn ich sage, daß die Uhr Ihrem älteren Bruder gehört hat, der sie von Ihrem Vater erbte?"

"Sie schließen das ohne Zweifel aus dem H. W. auf dem Deckel?"

"Ganz recht. Das W. deutet Ihren eigenen Namen an. Das Datum reicht beinahe fünfzig Jahre zurück, und das Monogramm ist so alt wie die Uhr. Sie ist also für die vorige Generation gemacht worden. Wertsachen pflegen auf den ältesten Sohn überzugehen, der auch meistens den Namen seines Vaters trägt. Da Ihr Vater, soviel ich weiß, seit vielen Jahren tot ist, hat Ihr ältester Bruder die Uhr seitdem in Händen gehabt."

"Soweit richtig," sagte ich. "Und was wissen Sie sonst noch?"

"Er war sehr liederlich in seinen Gewohnheiten – liederlich und nachlässig. Er kam in den Besitz eines schönen Vermögens, brachte jedoch alles durch und lebte in Dürftigkeit. Zuweilen verbesserte sich seine Lage auf kurze Zeit, bis er endlich dem Trunk verfiel. Das ist alles, was ich ersehen kann."

Ich sprang heftig erregt vom Stuhl auf, und ging im Zimmer auf und ab.

"Das ist Ihrer unwürdig, Holmes!" rief ich, um meiner Erbitterung Luft zu machen. "So etwas hätte ich Ihnen nicht zugetraut. Sie haben Erkundigungen eingezogen über die Geschichte meines unglücklichen Bruders und geben jetzt vor, Ihre Kenntnis auf irgend eine abenteuerliche Weise erlangt zu haben. Sie können mir unmöglich zumuten, daß ich glauben soll, Sie hätten dies alles aus der alten Uhr gelesen! Ihr Benehmen ist höchst rücksichtslos und streift, gerade herausgesagt, an Gaukelei."

"Entschuldigen Sie mich, bitte, lieber Doktor," erwiderte er freundlich. "Ich habe die Sache nur als ein abstraktes Problem, angesehen und darüber vergessen, daß dieselbe Sie persönlich angeht und Ihnen peinlich sein könnte, Ich versichere Sie, ehe Sie mir die Uhr reichten, wußte ich nicht einmal, daß Sie einen Bruder hatten."

"Aber wie in aller Welt sind Sie denn zu diesen Thatsachen gekommen, die durchaus richtig sind – in allen Einzelheiten?"

"Wirklich! Nun, das ist zum Teil nichts als Glück. Ich hielt mich an die Wahrscheinlichkeit und erwartete durchaus nicht, es so genau zu treffen."

"Aber Sie haben doch nicht bloß auf gut Glück geraten?"

"Nein, nein: ich rate nie. Das ist eine widerwärtige Gewohnheit, die jede logische Fähigkeit zerstört. Die Sache erscheint Ihnen nur sonderbar, weil Sie weder meinem Gedankengang folgen, noch die kleinen Anzeichen beobachten, die zu großen Schlußfolgerungen führen können. Wie bin ich zum Beispiel zu der Ansicht gelangt, daß Ihr Bruder nachlässig war? – Betrachten Sie einmal den Deckel der Uhr genau. Sie werden bemerken, daß er nicht allein unten an zwei Stellen eingedrückt ist, sondern auch voller Schrammen und Krätzer – eine Folge der Gewohnheit, andere harte Gegenstände, wie Münzen oder Schlüssel, in derselben Tasche zu tragen. Wer aber eine so kostbare Uhr auf solche Weise behandelt, muß ein nachlässiger Mensch sein. Um das zu erkennen, bedarf es keines großen Scharfsinns. Ebensowenig ist es ein weither geholter Schluß, daß der Erbe eines so wertvollen Gegenstandes auch im übrigen in ziemlich guter Lage ist."

Ich nickte, um zu zeigen, daß ich seiner Auseinandersetzung folgte.

"Die Pfandverleiher in England pflegen bekanntlich bei versetzten Uhren die Nummer des Pfandzettels auf der Innenseite des Gehäuses einzukratzen," fuhr Holmes fort. "Nun sind nicht weniger als vier solcher Nummern durch mein Glas erkennbar, ein Beweis, daß Ihr Bruder oft in Verlegenheit war, doch muß er dazwischen in seinen Verhältnissen empor gekommen sein, sonst hatte er das Pfand nicht wieder einlösen können. – Betrachten Sie nun noch den inneren Deckel der Uhr. Sehen Sie die tausend Schrammen rund um das Schlüsselloch – Spuren, wo der Schlüssel ausgeglitten ist? Bei der Uhr eines nüchternen Mannes kommen solche Kratzer nicht vor; auf der Uhr eines Trinkers findet man sie regelmäßig. Er zieht sie nachts auf und hinterläßt diesen Beweis von der Unsicherheit seiner Hand. Wo ist in alledem ein Geheimnis?"

"Es ist so klar wie der Tag," antwortete ich. "Verzeihen Sie, daß ich Ihnen unrecht that. Ich hätte mehr Vertrauen in Ihre wunderbare Begabung setzen sollen. Darf ich fragen, ob Sie gegenwärtig in Ihrem Beruf irgend einen Fall zu enträtseln haben?"

"Keinen! – daher das Cocaïn. Ich kann nicht leben ohne Kopfarbeit. Was soll man auch sonst thun? Hier am Fenster stehen? Die Welt sieht gar zu gräßlich, trübselig und abstoßend aus! Sehen Sie nur, wie der gelbe Nebel herabsinkt und sich auf die schwärzlichen Häuser lagert! Wie hoffnungslos, elend und prosaisch erscheint alles! Was nützen dem Menschen seine Gaben, Doktor, wenn er kein Feld hat, sie in Anwendung zu bringen? Das Verbrechen ist alltäglich, das Dasein ist alltäglich und nur für alltägliche Fähigkeiten giebt es etwas zu thun auf der Welt."

Ich wollte eben den Mund zu einer Entgegnung öffnen, als es rasch an die Thür klopfte und unsere Hauswirtin eintrat.

"Eine junge Dame wünscht Sie zu sprechen, Herr Holmes," sagte sie, meinem Gefährten eine Karte reichend.

"Miß Mary Morstan," las er. "Hm – der Name ist mir nicht bekannt. Bitten Sie das Fräulein, sich herauf zu bemühen, Frau Hudson. Gehen Sie nicht fort, Doktor. Es wäre mir wirklich lieber, Sie blieben hier." –

ZWEITES KAPITEL. EIN RÄTSELHAFTER FALL.

Fräulein Morstan, eine blonde junge Dame, betrat das Zimmer mit festem Schritt und äußerlich ruhiger Haltung. Sie war klein und zierlich, geschmackvoll gekleidet und trug tadellose Handschuhe. Dennoch ließ der Anzug in seiner Schmucklosigkeit und Einfachheit auf Beschränktheit in den Mitteln schließen. Ihr dunkelgrünes Wollenkleid hatte weder Besatz noch sonstige Verzierung, und ihre kleine Kopfbedeckung von derselben matten Farbe war nur an der Seite durch einen winzigen weißen Federstutz gehoben. Zwar besaß sie weder regelmäßige Züge, noch schöne Formen, doch war der Ausdruck des Gesichts höchst liebenswürdig und anziehend; aus ihren großen, blauen Augen sprach Geist und Leben. Ich hatte die Frauen vieler Nationen in drei verschiedenen Weltteilen gesehen, aber niemals war mir ein Gesicht vorgekommen, in welchem sich so deutlich eine empfängliche, edle Natur ausprägte. Es entging mir nicht, daß, als sie den Sitz annahm, den Holmes ihr darbot, ihre Lippe zitterte und ihre Hand bebte; in ihrem ganzen Wesen sprach sich eine tiefe innere Erregung aus.

"Ich komme zu Ihnen, Herr Holmes," sagte sie, "weil sie der Dame, in deren Familie ich lebe, Frau Cäcilie Forrester, einmal behilflich gewesen sind, eine kleine häusliche Verwickelung aufzuklären. Die Güte und Geschicklichkeit, welche Sie damals bewiesen, hat großen Eindruck auf sie gemacht."

"Frau Cäcilie Forrester" – wiederholte er nachdenklich. "Ja, ja, ich erinnere mich, ich hatte Gelegenheit, ihr einen kleinen Gefallen zu thun. Es war eine höchst einfache Sache."

"Sie hielt sie damals durchaus nicht dafür. Von meinem Fall werden Sie indessen schwerlich dasselbe sagen. Ich kann mir kaum etwas vorstellen, das noch sonderbarer und unerklärlicher wäre, als die Lage, in der ich mich eben jetzt befinde." Holmes rieb sich die Hände, seine Augen glänzten. Er saß weit vorgebeugt da; aus seinen scharfgeschnittenen, falkenartigen Zügen sprach die gespannteste Aufmerksamkeit.

"Teilen Sie mir Ihren Fall mit," sagte er in kurzem Geschäftston.

Ich befand mich in peinlicher Verlegenheit.

9

"Sie werden entschuldigen," murmelte ich, mich von meinem Platz erhebend.

Allein, zu meiner Ueberraschung machte die junge Dame eine Bewegung, wie um mich zurückzuhalten.

"Wenn Ihr Freund die Güte hätte, zu bleiben," rief sie, "so könnte er mir einen unschätzbaren Dienst leisten."

Ich sank in meinen Stuhl zurück.

"Die Thatsachen," fuhr sie fort, "sind kurz folgende: Mein Vater war Offizier in einem indischen Regiment und schickte mich als kleines Kind in die Heimat. Meine Mutter war gestorben, und da ich keine Verwandten in England hatte, ward ich in einer guten Pension in Edinburg untergebracht, wo ich bis zu meinem siebzehnten Jahre blieb. Im Jahre 1878 erhielt mein Vater, als ältester Hauptmann seines Regiments, einen zwölfmonatlichen Urlaub und kehrte heim. Er telegraphierte mir von London aus, daß er dort glücklich angekommen sei, und gab mir ›Langham-Hotel‹ als seine Adresse an, wo ich ihn sogleich aufsuchen sollte. Die Botschaft war, wie ich mich erinnere, voller Liebe und Güte. Ich folgte seiner Anweisung, erfuhr jedoch im Langham-Hotel, daß Hauptmann Morstan zwar daselbst abgestiegen, aber am vorigen Abend ausgegangen und nicht wiedergekommen sei. Ich wartete den ganzen Tag, ohne Nachricht zu erhalten. Um Abend riet mir der Hotel-Direktor, mich in Verbindung mit der Polizei zu setzen. Wir machten nun Anzeigen in allen Zeitungen, allein unsere Nachforschungen blieben ohne Erfolg; von jenem Tage an bis heute hat man nie mehr ein Wort von meinem unglücklichen Vater gehört. Er kam in die Heimat mit sehnsüchtigem Herzen, er hoffte Frieden und Behagen zu finden, – statt dessen –"

Sie brach ab; Schluchzen erstickte ihre Stimme.

"Das Datum?" fragte Holmes, sein Notizbuch öffnend.

"Er verschwand am 3. Dezember 1878 – vor fast zehn Jahren."

"Sein Gepäck?"

"War im Hotel geblieben, verschaffte uns aber keinen Aufschluß. Außer Kleidern und Büchern fand sich nur eine ansehnliche Sammlung von Seltenheiten von den Andamanen-Inseln vor. Mein Vater war einer der kommandierenden Offiziere des Wachtpostens der dortigen Verbrecherkolonie gewesen."

"Hatte er irgend einen Freund in der Stadt?"

"Nur *einen* unseres Wissens – Major Scholto von seinem Regiment, dem 34. der Bombay-Infanterie. Der Major hatte kurz zuvor den Abschied genommen und wohnte in Ober-Norwood.

Natürlich setzten wir uns mit ihm in Verbindung; aber er wußte nicht einmal, daß sein früherer Kamerad in England sei."

"Ein sonderbarer Fall," bemerkte Holmes.

"Das Seltsamste muß ich Ihnen erst noch mitteilen. Vor ungefähr sechs Jahren, oder um ganz genau zu berichten, am 4. Mai 1882 – erschien in der ›Times‹ eine Aufforderung an Fräulein Mary Morstan, ihre Adresse anzugeben, mit dem Bemerken, daß es nicht ohne Nutzen für sie sein würde. Weder Name noch Ort war beigefügt. Ich hatte gerade zu der Zeit die Stelle als Erzieherin im Hause der Frau Forrester angetreten, und auf ihren Rat ließ ich meine Adresse in die Zeitung rücken. Noch am selben Tage kam mit der Post eine kleine Pappschachtel für mich an, welche eine sehr große, glänzende Perle enthielt. Kein geschriebenes Wort war beigefügt. Seitdem ist mir jedes Jahr am gleichen Datum eine solche Schachtel mit einer Perle zugekommen, immer ohne irgend welchen Aufschluß über den Absender. Die Perlen sind nach dem Urteil eines Kenners von seltener Gattung und bedeutendem Wert. Sie können sich selbst überzeugen, daß sie schön sind."

Sie öffnete eine flache Schachtel, in der sechs der schönsten Perlen lagen, die ich je gesehen hatte.

"Ihre Mitteilung ist höchst interessant," sagte Holmes. "Hat sich sonst noch etwas ereignet?"

"Ja, und zwar erst heute. Deshalb bin ich hier. Diesen Morgen erhielt ich einen Brief – bitte lesen Sie!"

"Besten Dank! Auch das Couvert, wenn ich bitten darf! Poststempel London *SW* Datum 17. Juli. Hm! Auf der Ecke der Abdruck eines Mannsdaumens – vermutlich des Briefträgers – Papier von der besten Sorte, Couvert desgleichen. Der Mann ist wählerisch in Schreibmaterialien. Keine Anrede. ›Stellen Sie sich heute abend um sieben Uhr vor dem Lyceum-Theater ein. Wenn Sie Mißtrauen hegen, bringen Sie zwei Freunde mit. Es ist Ihnen Unrecht geschehen und Sie sollen Ihr Recht haben. Bringen Sie niemand von der Polizei. Thun Sie das, so ist alles vergebens. Ihr unbekannter Freund.‹ – Wahrhaftig ein interessantes, kleines Geheimnis! Was gedenken Sie zu thun, Fräulein Morstan?"

"Darüber wollte ich eben Ihren Rat hören."

"Nun, dann werden wir sicherlich hingehen – Sie und ich und – jawohl – Doktor Watson ist gerade der richtige Mann. Der Brief sagt, zwei Freunde. Wir haben schon früher einmal zusammen gearbeitet, er und ich."

"Würde er aber auch mitkommen wollen?" fragte sie mit bittender Gebärde.

"Ich werde stolz und glücklich sein, wenn ich mich nützlich machen kann," rief ich lebhaft.

"Sie sind beide sehr gütig," erwiderte sie. "Ich habe ein zurückgezogenes Leben geführt, und wüßte keinen Freund, an den ich mich wenden könnte. Wird es früh genug sein, wenn ich um sechs Uhr hier bin?"

"Kommen Sie ja nicht später," sagte Holmes. "Noch eine Frage: Ist dies die nämliche Handschrift, wie auf den Adressen der Perlschachteln?"

"Sehen Sie selbst," antwortete sie, ihm ein halbes Dutzend Papierschnitzel vorzeigend.

"Sie sind ja eine wahre Muster-Klientin. Sie haben das richtige Verständnis. Das ist schön!" Er breitete die Zettel auf dem Tisch aus, und sein rascher, scharfer Blick wanderte von einem zum andern. "Der Schreiber hat seine Hand verstellt, ausgenommen bei dem Brief, darüber kann kein Zweifel bestehen. Sehen Sie, wie das griechische ε überall durchbrechen will, und hier den Schnörkel am Schluß. Sie stammen unzweifelhaft von derselben Person. Ich möchte keine falschen Hoffnungen erregen, Fräulein Morstan, aber – besteht irgend eine Aehnlichkeit zwischen dieser Handschrift und derjenigen Ihres Vaters?" –

"Nicht die geringste."

"Das dachte ich mir wohl. Also um sechs Uhr werden wir Sie erwarten. Erlauben Sie mir, die Papiere zu behalten, ich kann vielleicht vorher noch etwas in der Sache thun. Es ist erst halb vier. Auf Wiedersehen!"

"Auf Wiedersehen," sagte die junge Dame in heiterm Ton, steckte die Perlschachtel wieder ein und eilte mit freundlichem Gruße fort. Vom Fenster aus sah ich sie schnellen Schrittes die Straße hinuntergehen, bis das graue Hütchen mit der weißen Feder nur noch ein Punkt in der dunklen Menschenmenge war.

"Ein höchst anziehendes Mädchen," sagte ich zu meinem Gefährten gewandt.

Holmes hatte seine Pfeife wieder angezündet und sich mit halbgeschlossenen Augen in den Stuhl zurückgelehnt. "So?" sagte er langsam – "ist mir nicht aufgefallen."

"Sie sind wirklich ein Automat – eine Rechenmaschine!" rief ich. "Zu Zeiten ist gar kein menschliches Leben in Ihnen."

"Man darf sein Urteil nie von persönlichen Eigenschaften beeinflussen lassen," entgegnete er mit mattem Lächeln, "das ist von der größten Wichtigkeit. Für mich ist ein Klient nichts als eine Figur, ein Faktor in einem Problem. Gefühle sind dem klaren Denken feindlich. Der Schein trügt nur zu oft. Das liebreizendste Frauenzimmer, das mir vorgekommen ist, wurde *gehängt*, weil sie drei kleine Kinder um ihrer Lebensversicherung willen vergiftet hatte, und der allerabstoßendste Mann meiner Bekanntschaft ist ein Menschenfreund, der beinahe eine Viertelmillion für die Armen Londons verwendet hat."

"In diesem Fall indessen –"

"Ich mache niemals Ausnahmen. Eine Ausnahme stößt die Regel um. Haben Sie jemals versucht, den Charakter aus der Handschrift zu bestimmen? Wie urteilen Sie über diesen Menschen nach seinem Geschreibsel?"

"Es ist leserlich und regelrecht. Ein Geschäftsmann, nicht ohne Charakterstärke, sollte ich meinen."

Holmes schüttelte den Kopf. "Sehen Sie seine langen Buchstaben an; sie erheben sich kaum über die kleinen. Dieses *d* könnte ein *a* sein, und das *s* ein *l*. Bei charaktervollen Menschen unterscheiden sich die langen Buchstaben immer, mögen sie sonst noch so unleserlich schreiben. Aus diesen Anfangsbuchstaben spricht Selbstbewußtsein, und die *k*'s verraten Schwanken und Unsicherheit. – Jetzt gehe ich aus; ich habe noch einige Erkundigungen einzuziehen. In einer Stunde bin ich wieder da."

Ich saß am Fenster, ein Buch in der Hand, aber lesen konnte ich nicht. Meine Gedanken waren noch ganz und gar von unserem Besuch eingenommen – ihr Lächeln, die tiefen, vollen Töne ihrer Stimme, das sonderbare Geheimnis, das über ihrem Leben schwebte, beschäftigte mich. Wenn sie, als ihr Vater verschwand, siebzehn Jahre alt war, so mußte sie jetzt siebenundzwanzig sein – ein angenehmes Alter, wenn die Jugend ihre Selbstüberhebung abgeworfen hat, und etwas durch die Erfahrung ernüchtert ist.

Lange saß ich da und sann, bis so gefährliche Gedanken mir in den Kopf kamen, daß ich eiligst an meinen Schreibtisch ging und mich in die neueste Abhandlung über Pathologie vertiefte. – Wie konnte *ich*, ein Militärarzt mit einem schwachen Arm und noch schwächerem Bank-Depot, es wagen, an solche Dinge auch nur zu denken? Sie war eine Figur, ein Faktor, sonst nichts für mich. Wenn mein Geschick düster war, so ziemte es sich wahrlich besser, der Zukunft wie ein Mann entgegen zu gehen, statt zu versuchen, sie durch phantastische Irrlichter aufzuhellen. –

DRITTES KAPITEL.
WOHIN GEHT DIE FAHRT?

Erst um halb sechs Uhr kam Holmes zurück. Er war heiter, lebhaft, überhaupt in vortrefflicher Stimmung.

"Es ist kein großes Geheimnis bei der Angelegenheit," sagte er, während ich ihm eine Tasse Thee eingoß. "Mir scheint, die Thatsachen lassen nur *eine* mögliche Erklärung zu."

"Was! Sie haben schon die Lösung gefunden?"

"Nicht doch, das wäre zu viel gesagt. Ich habe nur ein Faktum entdeckt, das mich auf eine Vermutung führt, welche viel für sich hat. Alle Einzelheiten schien mir noch. Ich habe nämlich eben die Register der Times durchgesehen und dabei gefunden, daß Major Scholto von Ober-Norwood, ehemals im 34. Regiment der Bombay-Infanterie, am 28. April 1882 gestorben ist."

"Ich muß wohl sehr schwer von Begriffen sein, Holmes, denn ich sehe durchaus nicht, wie das mit dem Fall zusammenhängen kann."

"Nicht? Das wundert mich. Betrachten Sie es einmal von folgendem Gesichtspunkt: Hauptmann Morstan verschwindet. Die einzige Person in London, die er aufgesucht haben könnte, ist Major Scholto, aber der Major leugnet, etwas von seiner Anwesenheit in London gewußt zu haben. Vier Jahre später stirbt Scholto. *Eine Woche nach seinem Tode* erhält Hauptmann Morstans Tochter ein wertvolles Geschenk. Die Sendung wiederholt sich von Jahr zu Jahr und jetzt kommt noch ein Brief, welcher ausspricht, daß ihr Unrecht geschehen ist. Welches andre Unrecht kann damit gemeint sein, als daß man ihr den Vater geraubt hat? Warum sollten die Geschenke unmittelbar nach Scholtos Tode anfangen, wenn nicht, weil der Erbe Scholtos das Geheimnis kennt und die Tochter zu entschädigen wünscht? Wissen Sie irgend eine andere Art und Weise, wie sich die Thatsachen deuten lassen?"

"Aber was für eine sonderbare Entschädigung! Und wie wunderlich ausgeführt! Warum hat er den Brief erst jetzt geschrieben und nicht schon vor sechs Jahren? Zudem sagt er, daß sie zu ihrem Recht kommen werde. Soll das etwa heißen, daß ihr Vater noch lebt? Schwerlich. Von einer andern Ungerechtigkeit wissen wir aber in ihrem Fall nichts."

"Natürlich ist noch vieles unaufgeklärt," sagte Holmes nachdenklich; "aber die Zusammenkunft heute abend wird alle Schwierigkeiten beseitigen. A! da fährt eine Kutsche vor und Fräulein Morstan ist darin. Sind Sie ganz fertig? Gut, dann kommen Sie hinunter; wir haben keine Zeit zu versäumen."

Ich ergriff meinen Hut und meinen schwersten Stock, bemerkte aber zugleich, daß Holmes seinen Revolver aus dem Schubfach nahm und in die Tasche gleiten ließ. Offenbar erwartete er, daß es bei unserm Abendgeschäft ernsthaft zugehen könne.

Fräulein Morstan hatte sich in einen dunkeln Mantel gehüllt, ihr ausdrucksvolles Gesicht war gefaßt, aber bleich. Sie hätte kein Weib sein müssen, wenn sie frei von Unruhe geblieben wäre bei dem sonderbaren Abenteuer, auf welches wir auszogen; aber ihre Selbstbeherrschung war vollkommen, und sie beantwortete alle Fragen, die Sherlock Holmes noch an sie richtete, ohne Zögern.

"Major Scholto war ein sehr vertrauter Freund meines Vaters. Er erwähnte ihn häufig in seinen Briefen. Der Major und Papa befehligten die Truppen auf den Andamanen, das brachte sie natürlich in die engste Berührung miteinander. O – da fällt mir ein, es fand sich in Papas Pult ein seltsames Papier vor, welches niemand verstehen konnte. Ich glaube zwar nicht, daß es irgend welche Wichtigkeit haben kann, aber für den Fall, daß Sie es zu sehen wünschen, habe ich es mitgebracht. Da ist es."

Holmes entfaltete das Papier sorgfältig, glättete es auf dem Knie und untersuchte es gründlich von allen Seiten unter seiner Lupe.

"Das ist ein echt indisches Fabrikat," bemerkte er. "Das Papier muß früher einmal mit Nadeln auf ein Brett gesteckt worden sein. Es zeigt den Grundriß eines großen Gebäudes mit vielen Hallen und Gängen. An einer Stelle ist ein kleines Kreuz mit roter Tinte gezogen, darüber steht ›3. 37 von links‹ in verwischter Bleistiftschrift. Hier in der linken Ecke sieht man eine kuriose Hieroglyphe: vier Kreuze in einer Reihe, deren Arme zusammenstoßen. Daneben steht in sehr roher, ungelenker Schrift: ›Das Zeichen der Vier – Jonathan Small, Mahomet Singh, Abdullah Khan, Dost Akbar.‹ – Nun, welche Beziehung das auf unsere Angelegenheit haben könnte, weiß ich nicht. Doch ist es augenscheinlich ein Dokument von Wichtigkeit. Es muß sorgfältig in einem Taschenbuch aufbewahrt worden sein; denn die eine Seite ist so rein wie die andere."

"Wir fanden es in seiner Brieftasche."

"Bewahren Sie es wohl, Fräulein Morstan; wer weiß, wann es uns noch nützen kann! Ich fange an zu vermuten, daß es sich hier doch um eine weit verwickeltere Sache handelt, als ich zuerst glaubte. Ich muß meine Schlüsse von neuem ziehen."

Er lehnte sich im Wagen zurück. Daß er scharf nachdachte, sah ich an seinen zusammengezogenen Brauen und seinem abwesenden Blick. Auch bewahrte er ein unverbrüchliches Schweigen bis an das Ende der Fahrt, während Fräulein Morstan und ich in gedämpftem Ton miteinander über die möglichen Ergebnisse unseres Unternehmens plauderten.

Es war ein trüber Septemberabend; dichter, feuchter Nebel hing über der großen Stadt und lagerte sich in schmutzig-farbenen Wolken auf den schlammigen Straßen. Die Lampen längs dem ›Strand‹ tauchten aus dem Dunkel nur als matte Lichtflecken auf, die ihren schwachen, kreisrunden Schimmer auf das nasse Pflaster warfen. Durch die dunstige Luft schoß der gelbe Schein aus den Ladenfenstern einen bald helleren, bald dunkleren Strahl quer über die menschenbelebte Hauptstraße. Es hatte etwas Unheimliches, Geisterhaftes, alle die Gesichter in endloser Reihe über diesen schmalen Lichtstreifen huschen zu sehen – traurige und fröhliche Gesichter, abgehärmte und lustige. Wie in der Menschheit Geschlecht auf Geschlecht, so glitten sie aus dem Dunkel ins Licht und wieder zurück ins Dunkel. Sonst macht dergleichen nicht leicht einen Eindruck auf mich, aber der düstere Abend und unser seltsames Unternehmen mochten wohl dazu beitragen, mein Gemüt trüber zu stimmen; auch merkte ich, daß Fräulein Morstan unter ähnlichen Gefühlen litt. Holmes allein war über solche äußere Einflüsse erhaben. Er hielt sein offenes Notizbuch auf dem Knie und schrieb von Zeit zu Zeit allerlei Zahlen und Bemerkungen beim Schein seiner Taschenlaterne nieder.

An den Seitenthüren des Lyceum-Theaters standen die Menschen schon dicht gedrängt, während bei dem Haupteingang Droschken und Kutschen in langer Reihe vorfuhren und sich ihrer Insassen entledigten. Dort stiegen feingekleidete Herren aus und in Shawls gehüllte, von Diamanten strahlende Damen. Als wir die dritte Säule, den Ort unseres Stelldicheins, erreicht hatten, redete uns ein kleiner, schwarzer Mann in Kutschertracht an: "Sind Sie die Personen, welche Fräulein Morstan begleiten?" fragte er. "Fräulein Morstan bin ich, und diese beiden Herren sind meine Freunde," erwiderte sie. Er richtete sein forschendes Augenpaar mit scharfem durchdringendem Blick aus uns

"Entschuldigen Sie, Fräulein," sagte er in mürrischem Ton, "aber ich soll mir von Ihnen die Versicherung ausbitten, daß keiner Ihrer Begleiter ein Polizeibeamter ist."

"Darauf kann ich Ihnen mein Wort geben," lautete ihre Antwort. Er ließ nun einen scharfen Pfiff hören, worauf eine Kutsche angefahren kam. Ein Mann führte das Pferd am Zügel und öffnete uns den Schlag. Wir nahmen unsere Plätze im Wagen ein, der fremde Kutscher stieg auf den Bock, schwang die Peitsche und fuhr mit uns in rasender Eile dahin durch die nebligen Straßen. Mir war seltsam zu Mute. Es ging einem unbekannten Ziel entgegen, zu einem unbekannten Zweck. Entweder stellte sich die Aufforderung als ein grober Betrug heraus – was sich nicht wohl annehmen ließ – oder wir durften mit gutem Grund erwarten, daß es sich um wichtige Enthüllungen handelte. Fräulein Morstans Verhalten während der Fahrt war entschlossen und gefaßt wie immer. Ich versuchte zwar, sie durch die Erzählung meiner Abenteuer in Afghanistan zu erheitern und zu zerstreuen, muß aber gestehen, daß ich selbst viel zu aufgeregt war und gespannt auf die Dinge, die da kommen sollten, um einen klaren Bericht zu erstatten. Noch heute behauptet sie, ich hätte ihr eine rührende Anekdote von einem Schießgewehr erzählt, das mitten in der Nacht in mein Zelt guckte, worauf ich mit einer doppelläufigen Tigerkatze danach geschossen hätte. Zuerst konnte ich noch einigermaßen die Richtung verfolgen, in welcher wir fuhren, aber – mochte nun die Schnelligkeit unserer Bewegung schuld sein, oder der Nebel – ich verlor bei meiner ohnehin beschränkten Kenntnis von London bald gänzlich den Faden und wußte nur noch, daß wir einen sehr langen Weg zu fahren schienen. Sherlock Holmes dagegen geriet niemals in Zweifel. Während das Fuhrwerk über verschiedene Plätze und durch zahllose Querstraßen und enge Gassen dahinstürmte, murmelte er die Straßennamen:

.

"Rochester Row, nun Vincent Square; jetzt kommen wir zur Brückenstraße. Es scheint, wir fahren nach der Surrey-Seite hinüber. Richtig, das dachte ich doch! Nun sind wir auf der Vauxhall-Brücke. Sehen Sie, dort flimmert der Fluß durch!" Einen Augenblick sahen wir wirklich das breite, stille Wasser der Themse im Laternenlicht glänzen; aber unsere Kutsche rasselte weiter und bald steckten wir wieder in einem Straßenlabyrinth auf der andern Seite.

"Wordsworth-Road," sagte mein Gefährte. "Priory Road, die Larkhall-Gasse. Unser Abenteuer scheint uns nicht gerade in vornehme Stadtteile zu führen." Wir hatten in der That eine sehr abgelegene, wenig anziehende Gegend erreicht. Erst kamen lange Reihen einförmiger Backsteingebäude, in welche nur die grell erleuchteten Wirtshäuser an den Ecken mit ihrem trödelhaften Aufputz einige Abwechslung brachten. Dann folgten zweistöckige Landhäuser mit winzigen Vordergärtchen und dann wieder endlose Reihen von nagelneuen Ziegelbauten — die Riesenfühlhörner, welche die ungeheure Stadt aufs Land hinaus streckte.

Endlich hielt der Wagen am dritten Hause einer neu angelegten Straße. Es sah ebenso dunkel und unbewohnt aus wie die Nachbarhäuser; nur aus dem Küchenfenster kam ein matter Lichtschein. Auf unser Klopfen wurde jedoch die Thür augenblicklich von einem indischen Diener geöffnet, der einen gelben Turban, weite, faltige Gewänder und eine gelbe Schärpe trug. Die Gestalt des Orientalen nahm sich höchst wunderbar aus im Rahmen der Hausthüre dieser Vorstadtwohnung dritter Klasse.

"Der Sahib erwartet Sie," sagte er.

Während er noch sprach, rief drinnen eine hohe, dünne Stimme:

"Führe sie zu mir herein, Kithmutgar, bringe sie gleich zu mir ins Zimmer."

VIERTES KAPITEL. DIE ERZÄHLUNG DES KAHLKÖPFIGEN HERRN.

Wir folgten dem Inder durch den unsaubern, schlecht erleuchteten Gang, bis er eine Thür zur Rechten aufstieß. Ein Strahl gelben Lichtes strömte uns entgegen und umleuchtete einen kleinen Mann, der mitten im Zimmer stand. Sein ungewöhnlich hoher Kopf war von einem Kranz borstiger, roter Haare umgeben, aus denen eine kahle, glänzende Glatze hervorragte, wie ein Berggipfel aus Tannenbäumen. Ohne sich vom Platz zu rühren, wand er die Hände krampfhaft ineinander, und in seinen Gesichtszügen zuckte es unaufhörlich; bald kam ein Lächeln zum Vorschein, bald ein mürrischer Ausdruck, aber in Ruhe blieben sie keinen Augenblick. Die Natur hatte ihm eine Hängelippe verliehen und eine allzu sichtbare Reihe unregelmäßiger, gelber Zähne, welche er vergebens zu verbergen trachtete, indem er sich fortwährend mit der Hand über den untern Gesichtsteil fuhr. Trotz seiner auffallenden Glatze machte er einen noch jugendlichen Eindruck. Er hatte auch wirklich erst das dreißigste Jahr zurückgelegt.

"Ergebenster Diener, Fräulein Morstan," wiederholte er mehrmals mit seiner dünnen, schrillen Stimme. "Ihr Diener, meine Herren. Bitte, treten Sie in mein kleines Heiligtum. Ein enger Raum, aber nach meinem Geschmack eingerichtet: eine Oase der Kunst in der furchtbaren Wüste des südlichen Londons."

Wir waren alle überrascht beim Anblick des Gemachs, welches wir betraten. Es nahm sich in dem ärmlichen Hause so fremdartig aus, wie etwa ein Diamant reinsten Wassers in einer Fassung von Messing. Die Wände waren mit den reichsten und glänzendsten Tapeten und Vorhängen bekleidet, die sich hier und da öffneten, um ein prachtvoll eingerahmtes Gemälde, oder eine orientalische Vase zur Schau zu stellen. Der Bodenteppich, bernsteinfarben und schwarz, war so dick, daß der Fuß darin versank wie in einem weichen Moosbette. Zwei große Tigerfelle lagen darüber gebreitet, und auf einer Matte in der Ecke stand eine ungeheure indische Wasserpfeife. Von der Mitte der Zimmerdecke hing an einem fast unsichtbaren Golddraht eine brennende Lampe in Form einer silbernen Taube herab und verbreitete einen feinen Wohlgeruch in der Luft – lauter Zeichen von echt morgenländischem Luxus.

"Mein Name ist Thaddäus Scholto," sagte der kleine Mann unter fortwährendem nervösem Zucken und Lächeln. "Sie sind natürlich Fräulein Morstan, und diese Herren" –

"Dies ist Herr Sherlock Holmes und dies Doktor Watson."

"Ein Arzt, ja?" rief er sehr erregt. "Haben Sie vielleicht Ihr Stethoskop bei sich? Dürfte ich Sie bitten? – Ich habe ernste Befürchtungen in betreff meiner Herzklappen, wenn Sie vielleicht die große Gefälligkeit hätten. Auf die Hauptschlagader kann ich mich verlassen, aber ich würde gern Ihre Meinung über die Herzklappen hören."

Seiner Aufforderung gemäß horchte ich an seinem Herzen, konnte aber nichts Ungewöhnliches finden; nur schien er mir vor Furcht völlig außer sich, denn er zitterte von Kopf zu Fuß wie Espenlaub.

"Der Herzschlag ist normal. Sie haben keine Ursache, sich zu beunruhigen," sagte ich.

"Sie werden meine Besorgnis entschuldigen," bemerkte er. "Ich bin sehr leidend und traue dem Zustand meiner Herzklappen seit lange nicht recht. Es freut mich zu hören, daß ich mir unnütze Sorge gemacht habe. Hätte Ihr Vater, Fräulein Morstan, seinem Herzen nicht allzuviel zugemutet, so lebte er vielleicht heute noch."

Ich hätte dem Menschen ins Gesicht schlagen können, so zornig wurde ich bei diesem gefühllosen, rohen Hinweis auf eine schmerzvolle Angelegenheit. Fräulein Morstan setzte sich und wurde blaß bis an die Lippen.

"Ich fühlte es im Innern, daß er tot sei," sagte sie.

"Ich kann Ihnen alle Einzelheiten mitteilen; ja was noch mehr ist, ich kann Ihnen zu Ihrem Recht verhelfen, und das will ich thun, was Bruder Bartholomäus auch sagen mag. Ich bin so froh, Ihre Freunde als Zeugen hier zu haben. Wir drei zusammen können Bruder Bartholomäus dreist entgegentreten. Aber nur keine Unbeteiligten – keinen Polizisten oder Beamten. Wir können es ohne Zwischenhändler unter uns abmachen zu allseitiger Befriedigung. Nichts würde Bruder Bartholomäus mehr verstimmen, als irgend welche Oeffentlichkeit."

Er nahm auf einem niedrigen Sessel Platz und zwinkerte uns mit seinen matten, wasserblauen Augen fragend an.

"Seien Sie unbesorgt," erwiderte Holmes, "ich werde nichts weiter erzählen."

Ich nickte nur beistimmend mit dem Kopfe.

"Das ist gut! Das ist gut!" rief er. "Darf ich Ihnen ein Glas Chianti anbieten, Fräulein Morstan? oder Tokayer? Ich halte keinen andern Wein. Soll ich eine Flasche öffnen? Nein? – Aber ich hoffe doch, daß Sie nichts gegen den Tabaksrauch einwenden werden, gegen den balsamischen Duft des orientalischen Tabaks. Ich bin etwas aufgeregt, und meine Huka ist ein unschätzbares Beruhigungsmittel."

Er zündete den großen Pfeifenkopf an, und der Rauch wallte lustig durch das Rosenwasser. Wir saßen alle drei im Halbkreis, das Kinn in die Hand gestützt, den Kopf vorgebeugt, während der sonderbare zappelige kleine Kerl mit dem hohen, glänzenden Schädel unruhig in der Mitte den Rauch von sich blies.

"Als ich zuerst beschloß, Ihnen diese Mitteilung zu machen," hub er an, "hätte ich Ihnen meine Adresse angeben können. Da ich jedoch fürchtete, Sie möchten meine Bedingung unberücksichtigt lassen und Leute bringen, die mir nicht angenehm wären, schlug ich ein anderes Verfahren ein. Mein Diener Williams, in dessen Umsicht ich vollkommenes Vertrauen setze, sollte Sie zuerst sehen, und wenn irgend etwas sein Mißfallen erregte, die Sache nicht weiter verfolgen. Sie werden diese Vorsichtsmaßregel entschuldigen, aber bei meiner zurückgezogenen Lebensweise und meinem, ich darf wohl sagen, verfeinerten Geschmack, giebt es für mich nichts Unästhetischeres als einen Polizisten. Ich habe eine natürliche Abneigung gegen jede Form von rohem Materialismus, und komme selten in Berührung mit dem großen Haufen. Wie Sie sehen, versuche ich mir die kleine Welt in der ich lebe, durch die Kunst zu verschönern, kann mich wohl einen Gönner der Künste nennen. Diese Landschaft hier – –"

"Entschuldigen Sie, Herr Scholto," unterbrach Fräulein Morstan seinen Redefluß, "aber ich bin auf Ihr Verlangen hier, weil Sie mir etwas mitzuteilen haben. Es ist sehr spät, und ich muß wünschen, die Zusammenkunft so bald wie möglich zu beendigen."

"Einige Zeit werden wir jedenfalls brauchen," entgegnete er, "denn wir müssen durchaus Bruder Bartholomäus in Norwood aufsuchen. Wir müssen alle zusammen hingehen, um ihn womöglich zu überrumpeln. Er ist sehr böse auf mich, weil ich den Weg eingeschlagen habe, der mir der richtige schien. Wir gerieten gestern abend wirklich in Streit darüber. Sie können sich gar nicht vorstellen, was für ein schrecklicher Mensch er ist, wenn er zornig wird."

"Wenn wir nach Norwood gehen müssen, so thäten wir vielleicht am besten, sogleich aufzubrechen," erlaubte ich mir zu bemerken.

Er lachte, daß er rot wurde bis über die Ohren. "Wo denken Sie hin?" rief er. "Das wäre schön, wenn ich Sie ihm so plötzlich vor die Augen brächte. Nein, zuerst müssen Sie wissen, wie wir alle miteinander stehen. Es giebt nämlich in der Geschichte einige Punkte, die mir selbst unbekannt sind, und ich kann Ihnen die Thatsachen nur berichten, insoweit ich sie selber kenne.

"Mein Vater, John Scholto, war ehemals Major in der indischen Armee. Vor ungefähr elf Jahren nahm er seinen Abschied und zog sich nach Ober-Norwood zurück, wo er sich ein Haus kaufte. Er hatte in Indien Glück gehabt und brachte eine ansehnliche Summe Geldes, eine große Sammlung wertvoller Seltenheiten und eine zahlreiche eingeborene Dienerschaft mit. So richtete er sich denn in Pondicherry-Lodge aufs prächtigste ein und lebte mit großem Aufwande.

"Mein Zwillingsbruder Bartholomäus und ich waren seine einzigen Kinder. Ich erinnere mich noch sehr wohl, welches Aufsehen das Verschwinden des Hauptmanns Morstan machte. Wir lasen damals den Bericht in der Zeitung, und da wir wußten, daß er ein Freund unseres Vaters gewesen war, besprachen wir den Fall häufig in seiner Gegenwart und er pflegte sich an unsern Vermutungen zu beteiligen, was ihm wohl zugestoßen sein könne. Es wäre uns nie in den Sinn gekommen, daß er das ganze Geheimnis in seiner Brust verbarg, daß er der einzige Mensch war, der das Schicksal Arthur Morstans kannte. Wir wußten indessen, daß eine dunkle, drohende Gefahr über unserem Vater schwebte. Er war sehr ängstlich, allein auszugehen und hielt zur Bewachung des Hauses immer zwei ausgezeichnete Boxer in seinem Sold; Williams, der Sie heute abend gefahren hat, ist einer davon. Der Vater sprach sich niemals über den Gegenstand seiner Furcht aus, aber er hatte einen wahren Widerwillen gegen Männer mit hölzernen Beinen. Einmal schoß er tatsächlich seinen Revolver auf einen Stelzfuß ab, der sich nachher als ganz harmloser Hausierer erwies. Wir mußten ihm eine große Summe bezahlen, um die Sache zu vertuschen. Damals glaubten wir, mein Bruder und ich, dies sei eine bloße Wunderlichkeit meines Vaters, aber spätere Ereignisse haben uns eines Bessern belehrt.

"Im Anfang des Jahres 1882 erhielt der Vater einen Brief aus Indien, der ihm einen harten Stoß gab. Er öffnete ihn am Frühstückstisch und fiel vor Schrecken beinahe in Ohnmacht. Von dem Tage an kränkelte er bis zu seinem Tode. Ueber den Inhalt des Briefes erfuhren wir nichts, aber während er ihn las, hatte ich gesehen, daß er kurz war und mit einer kritzlichen Hand geschrieben. Seit Jahren schon hatte der Vater an der Milz gelitten, nun aber verschlimmerte sich sein Uebel zusehends, und Ende April kündigte man uns eines Tages an, es sei keine Hoffnung mehr ihn am Leben zu erhalten, und er wünsche uns eine letzte Mitteilung zu machen.

"Als wir zu ihm ins Zimmer traten, saß er zwischen den Kissen aufgerichtet und atmete schwer. Er beschwor uns die Thür zu verschließen und winkte uns dann zu sich. Wir standen dicht an beiden Seiten seines Bettes, er ergriff unsere Hände und sprach mit vor Schmerz und Gemütsbewegung gebrochener Stimme. Ich werde versuchen seine eigenen Worte zu wiederholen. –

"›Ich habe in diesem letzten Augenblick nur *eins*,‹ sagte er, ›was mir auf die Seele drückt. Es ist das Unrecht, das ich der Waise des armen Morstan angethan. In meiner verdammten Geldgier, der Hauptsünde meines Lebens, habe ich ihr den Schatz vorenthalten, der wenigstens zur Hälfte ihr zukam. Und doch hat er mir selbst keinen Nutzen gebracht. So blind und verrückt ist der Geiz. Das bloße Gefühl des Besitzes ist mir so lieb gewesen, daß ich's nicht ertragen konnte, mit jemand zu teilen. Seht jenen mit Perlen besetzten goldenen Kranz neben der Medizinflasche. Selbst von dem konnte ich nicht lassen, und doch hatte ich ihn mit der Absicht herausgenommen, ihn ihr zu schicken. Von euch, meine Söhne, soll sie den Anteil des Agra-Schatzes erhalten, der ihr gebührt. Aber schickt ihr nichts vor meinem Ende – auch nicht den Perlenkranz. Schon mancher ist ebenso schlimm daran gewesen wie ich, und hat sich doch wieder erholt.

"Laßt mich euch erzählen, wie Morstan starb. Er hatte seit Jahren an einem Herzübel gelitten, verbarg es aber vor jedermann. Ich allein wußte darum. – Als wir beide in Indien waren, kamen wir durch eine merkwürdige Verkettung von Umständen in den Besitz eines bedeutenden Schatzes. Ich hatte denselben nach England herüber gebracht und Morstan kam am Abend seiner Ankunft unmittelbar zu mir, um seine Hälfte zu fordern. Er war vom Bahnhof zu Fuß herüber gegangen und mein alter Lal Chowdar ließ ihn ein. Dieser treue Diener ist jetzt tot. Morstan und ich waren verschiedener Meinung über die Teilung des Schatzes, es kam zu hitzigen Worten und Morstan sprang zornig vom Stuhl auf; plötzlich preßte er jedoch die Hand in die Seite, ward aschbleich und fiel rücklings zu Boden, wobei er mit dem Kopf gegen die Ecke des eisernen Schatzkastens stieß. Als ich mich über ihn beugte, sah ich zu meinem Entsetzen, daß er tot war. –

"Lange saß ich ratlos da; ich wußte nicht, was ich thun sollte. Mein erster Antrieb war natürlich nach Hilfe zu rufen, aber zugleich ward mir klar, daß man mich höchst wahrscheinlich für Morstans Mörder halten werde. Sein Tod im Augenblick des Streits und die Wunde an seinem Kopf, würden mich schwer verdächtigen. Fand eine gerichtliche Untersuchung statt, so mußten zudem in Bezug auf den Schatz Thatsachen ans Licht kommen, welche geheim zu halten mir besonders am Herzen lag. Morstan hatte mir gesagt, daß keine Menschenseele wisse, wohin er gegangen sei. So schien es nicht unmöglich, was geschehen war, vor aller Welt zu verbergen.

"›Noch wälzte ich die Sache in Gedanken hin und her, als ich aufblickend meinen Diener Lal Chowdar in der Thür stehen sah. Er kam hereingeschlichen und riegelte hinter sich zu. ›Habt keine Angst, Sahib,‹ sagte er. ›Es soll niemand erfahren, daß Ihr ihn erschlagen habt. Wir wollen ihn beiseite schaffen und dann kräht kein Hahn danach.‹ ›Ich habe ihn nicht getötet,‹ rief ich. Aber Lal Chowdar schüttelte nur lächelnd den Kopf.

"›Ich habe alles gehört, Sahib,‹ sagte er. ›Ich hörte euch streiten und ich hörte den Fall. Aber mein Mund ist stumm. Das ganze Haus schläft. Wir wollen ihn zusammen fortschaffen‹ – das reichte hin, mich zum Entschluß zu bringen. Wenn mein eigener Diener nicht an meine Unschuld glauben konnte, wie durfte ich hoffen, mich vor den zwölf Geschworenen im Gerichtshof weiß zu brennen? – Wir brachten die Leiche in der Nacht beiseite, Lal Chowdar und ich. In wenigen Tagen waren alle Londoner Zeitungen voll von dem geheimnisvollen Verschwinden des Hauptmanns Morstan, aber mich traf kein Verdacht. Ihr werdet einsehen, daß ich bei dem ganzen Vorgang kaum zu tadeln bin. Mich drückt allein die Schuld, daß wir nicht nur die Leiche verbargen, sondern auch den Schatz, und daß ich von Morstans Anteil ebenso wenig lassen konnte, wie von meinem eigenen. Eure Pflicht soll es sein, Ersatz zu leisten. Beugt euch nieder zu meinem

Munde, der Schatz ist versteckt in – –?‹ Er stockte, und urplötzlich kam eine furchtbare Verwandlung über ihn. Seine Augen starrten wild, er fuhr mit den krampfhaft geballten Händen in der Luft umher und kreischte in gräßlicher Todesangst: ›Laßt ihn nicht herein – um Christi willen, laßt ihn nicht herein!‹ Rasch wandten wir uns nach dem Fenster um, an dem sein entsetzter Blick haftete und sahen ein Gesicht gegen die Scheiben gepreßt, das aus der Dunkelheit zu uns hereinschaute. Es war ein bärtiges, behaartes Gesicht mit wilden, grausamen Augen; Haß und Bosheit im Ausdruck. Wir stürzten ans Fenster, mein Bruder und ich, aber der Mann war fort. Als wir zu meinem Vater zurückkehrten – war sein Kopf in die Kissen gesunken und sein Puls hatte aufgehört zu schlagen. –

"Wir durchsuchten während der Nacht den Garten, aber es war keine Spur des Eindringlings zu entdecken, nur gerade unter dem Fenster fand sich der Abdruck eines Fußes im Blumenbeet. Ohne diesen schlagenden Beweis hätten wir glauben können, das wilde grimmige Gesicht am Fenster sei nur eine Ausgeburt unserer Einbildungskraft gewesen. Bald sollten wir jedoch die Gewißheit erhalten, daß wir rings von Spähern umgeben waren. Am Morgen fand man meines Vaters Zimmerfenster offen stehen und alle Schränke und Kästen durchwühlt. Auf seiner Brust aber war ein Papierfetzen befestigt, auf welchem mit kritzlicher Hand die Worte geschrieben standen: ›Das Zeichen der Vier.‹ Was das zu bedeuten hatte, oder wer unser heimlicher Besucher war, haben wir nie erfahren. Wir vermißten nichts von meines Vaters Eigentum, obgleich alles durcheinander geworfen war. Natürlich brachten wir dieses seltsame Ereignis mit der Angst in Verbindung, welche meinen Vater bei Lebzeiten verfolgt hatte, aber es ist uns noch heute ein vollständiges Rätsel."

Thaddäus Scholto schwieg, zündete seine Huka wieder an und rauchte einige Augenblicke gedankenvoll vor sich hin. Wir hatten alle in regungsloser Spannung seiner seltsamen Erzählung zugehört. Bei dem kurzen Bericht über ihres Vaters Tod war Fräulein Morstan leichenblaß geworden und schien einer Ohnmacht nahe; doch faßte sie sich glücklicherweise bald wieder. Sherlock Holmes lehnte ganz in Gedanken versunken, mit geschlossenen Lidern in seinem Stuhl. Erst heute morgen hatte er noch bitterlich über die Alltäglichkeit des Lebens geklagt; hier fand er nun ein Problem, dessen Lösung all seinen Scharfsinn in Anspruch nahm.

Mit ersichtlichem Stolz über den Eindruck, den seine Geschichte gemacht hatte, blickte uns Scholto der Reihe nach an, that einige Züge aus der Riesenpfeife und nahm dann seinen Bericht wieder auf. "Sie können sich denken, wie aufgeregt wir über den Schatz waren, von dem der Vater gesprochen hatte. Monatelang gruben und forschten wir täglich überall im Garten danach, aber immer vergebens. Wir hätten rasend werden mögen, daß er gestorben war, ohne uns das Versteck zu offenbaren, obgleich ihm das Wort schon auf den Lippen schwebte. Die köstlichen Perlen des goldenen Kranzes ließen auf die Pracht der übrigen Reichtümer schließen, zu denen er gehört hatte. Ueber diesen Kranz hatte ich mit meinem Bruder Bartholomäus einen kleinen Wortwechsel. Die Perlen waren augenscheinlich von großem Wert und er war abgeneigt, sie herzugeben, denn, unter uns gesagt, neigt mein Bruder selbst ein wenig zu dem Fehler meines Vaters. Auch scheute er sich, den Kranz fortzugeben, weil er meinte, es würde daraus ein Geschwätz entstehen, das uns schließlich Verlegenheiten bereiten könnte. Mit vieler Mühe setzte ich endlich durch, daß ich mir Fräulein Morstans Adresse verschaffen durfte, um ihr von Zeit zu Zeit eine abgelöste Perle zu schicken, damit sie wenigstens niemals in Not geraten möchte."

"Das war sehr gut von Ihnen," rief Sherlock Holmes eifrig. "Es beweist Ihre freundliche Gesinnung." Der kleine Mann machte eine abweisende Gebärde.

"Wir waren ihre Pfleger," sagte er, "so wenigstens sah ich es an. Bruder Bartholomäus betrachtete es freilich in ganz anderem Lichte. Wir besaßen ohnehin ein beträchtliches Vermögen; ich hatte kein Verlangen nach mehr. Auch schien es mir höchst verwerflich, eine junge Dame auf so gemeine Weise zu übervorteilen. Da mein Bruder jedoch bei seiner abweichenden Meinung verharrte, hielt ich es zuletzt für das Beste, mir eine besondere Wohnung einzurichten. Ich verließ Pondicherry-Lodge und nahm den alten Khitmutgar und Williams mit. Gestern erfuhr ich indessen, daß ein Ereignis von größter Wichtigkeit eingetreten sei. Der Schatz ist entdeckt worden. Ich schrieb sogleich an Fräulein Morstan wegen dieser Zusammenkunft, und wir brauchen jetzt nur noch nach Norwood hinauszufahren und unsern Anteil zu fordern. Ich habe Bruder Bartholomäus bereits gestern abend meine Ansicht auseinandergesetzt. Er erwartet unsern Besuch, wenn wir ihm auch schwerlich willkommen sein werden."

Thaddäus Scholto war zu Ende und saß mit unruhig zuckenden Mienen in seinem weichen Lehnsessel. Wir blieben alle eine Weile stumm vor Überraschung über die neue Wendung, welche die geheimnisvolle Angelegenheit genommen hatte, bis Holmes endlich aufsprang.

"Sie haben richtig gehandelt, mein Herr, von Anfang bis zu Ende," rief er. "Vielleicht werden wir imstande sein, uns Ihnen erkenntlich zu erweisen, indem wir aufzuklären versuchen, was bis jetzt noch dunkel ist. Lassen Sie uns nun aber auch ohne allen Aufschub ans Werk gehen."

Unser neuer Bekannter rollte den Schlauch seiner Hula sehr sorgfältig auf, holte dann hinter einem Vorhang seinen langen, gefütterten Ueberzieher mit Kragen und Aufschlägen von Astrachan hervor, den er trotz der drückend warmen Nacht fest zuknöpfte. Eine Kappe von Kaninchenfell mit Ohrenklappen vollendete seinen Anzug, so daß nichts von ihm sichtbar war, als das spitze, bewegliche Gesicht.

"Ich bin etwas kränklich," bemerkte er, während er den Gang hinunter uns voranschritt, "und bin genötigt, auf meine zarte Gesundheit Rücksicht zu nehmen."

Draußen stand unser Wagen schon bereit, und kaum waren wir eingestiegen, so fuhr der Kutscher sogleich in schnellem Trabe davon. Thaddäus Scholto sprach unaufhörlich mit seiner hohen, scharfen Stimme, die von dem Gerassel der Räder nicht übertönt wurde.

"Bartholomäus ist ein gescheiter Kerl," sagte er. "Wie denken Sie wohl, daß er den Versteck herausgefunden hat? Er war zu dem Schluß gekommen, daß der Schatz im Hause sein müsse; so stellte er denn überall Messungen an und prüfte jeden Raum, bis kein Kubikzoll übrig blieb, der nicht in Anschlag gebracht war. Die Höhe des Gebäudes betrug vierundsiebenzig Fuß, wenn er aber die Höhe der Zimmer rechnete, sowie die Zwischenräume, die er durchbohren ließ, um sie genau messen zu können, so brachte er im Ganzen nicht mehr als siebenzig Fuß zusammen. Die vier Fuß, die fehlten, konnten nur im obersten Raum des Gebäudes sein, er stieß deshalb ein Loch in die vergipste Lattendecke des unter dem Dach gelegenen Zimmers und traf dabei wirklich auf einen kleinen Zwischenboden, der mit Gips verstrichen war und von dessen

Vorhandensein niemand eine Ahnung hatte. In der Mitte dieses Raumes stand der Schatzkasten auf zwei Ballen. Er wurde durch das Loch heruntergelassen und nun haben wir ihn. Mein Bruder schätzt den Wert der Juwelen auf mindestens eine halbe Million Pfund."

Bei der Erwähnung dieser Riesensumme sahen wir uns mit großen Augen an. So würde Fräulein Morstan, wenn wir ihren Anspruch sicherstellen könnten, sich aus einer armen Erzieherin in die reichste Erbin Englands verwandeln. Jeder, der ihr aufrichtig wohlwollte, hätte sich billig über solche Nachricht freuen sollen, aber ich muß zu meiner Schande gestehen, daß meine Selbstsucht die Oberhand gewann und mir das Herz schwer wie Blei wurde. Ich stammelte ein paar unzusammenhängende Worte, die einen Glückwunsch vorstellen sollten und saß, taub für das weitere Geschwätz unseres neuen Bekannten, gesenkten Hauptes da. Er war durch und durch Hypochonder und hoffte wohl von mir Unterweisung über die Wirkung verschiedener Geheimmittel zu erhalten, von denen er sich einen günstigen Erfolg für seine Gesundheit versprach. Durch meine Antworten an jenem Abend wird er nicht viel klüger geworden sein, meine Gedanken waren verwirrt und ich sprach halb im Traum.

Endlich hielt unser Wagen. Der Kutscher sprang vom Bock und öffnete den Schlag.

"Dies ist Pondicherry-Lodge," sagte Scholto, während er Fräulein Morstan beim Aussteigen behilflich war.

FÜNFTES KAPITEL. DAS TRAUERSPIEL IN PONDICHERRY-LODGE.

Es war beinahe elf Uhr, als wir diese Endstation unserer nächtlichen Fahrt erreichten. Wir hatten den feuchten Nebel der großen Stadt hinter uns gelassen; die Nacht war mild und schön. Ein warmer Wind wehte aus Westen und von Zeit zu Zeit blickte der Mond durch die schweren Wolken, welche langsam am Himmel hinzogen. Obgleich wir recht gut auf einige Entfernung sehen konnten, nahm Thaddäus Scholto doch eine Seitenlaterne des Wagens herab, um unsern Weg besser zu beleuchten.

Was Grundstück, auf dem Pondicherry-Lodge lag, war ringsum von einer Steinmauer eingeschlossen, auf welche man zu besserm Schutz Glasscherben gemauert hatte. Den Eingang bildete eine schmale, eisenbeschlagene Thür, an der unser Führer zweimal kurz hintereinander auf eigentümliche Art klopfte.

"Wer ist da," rief eine mürrische Stimme von innen.

"Ich bin es, Mc. Murdo. Du solltest doch endlich mein Klopfen kennen." Man vernahm einen brummenden Ton und das Klingen und Klirren von Schlüsseln. Die Thür schwang sich schwerfällig zurück und in der Oeffnung stand ein kurzer, breitschulteriger Mann, dessen vorgestreckter Kopf mit den blitzenden, mißtrauischen Augen von der Laterne beleuchtet wurde.

"Ihr seid's, Herr Thaddäus? Aber wer sind die andern? Der Herr hat mir keinen Befehl erteilt sie einzulassen."

"Nicht, Mc. Murdo? Das wundert mich! Ich sagte meinem Bruder gestern abend, daß ich ein paar Freunde mitbringen würde."

"Er ist heute gar nicht aus seinem Zimmer gekommen, Herr Thaddäus. Ich habe keine besondere Anweisung und muß mich an die alten Regeln halten. Ihr mögt eintreten; aber Eure Freunde müssen bleiben, wo sie sind."

Das war ein unerwartetes Hindernis. Thaddäus Scholto blickte mit betroffener Miene hilflos um sich.

"Wie unrecht von dir, Mc. Murdo; wenn ich mich für sie verbürge, so muß dir das genügen. Die junge Dame hier kann doch nicht zur Nachtzeit auf der Landstraße warten."

"Thut mir leid, Herr Thaddäus," sagte der unerschütterliche Thorwart. "Die Leute mögen Eure Freunde sein und doch nicht Freunde meines Herrn. Er bezahlt mich gut dafür, daß ich meine Pflicht thue und so will ich auch meines Amtes warten. Ich kenne keinen von Euern Freunden."

"O ja, Ihr kennt mich, Mc. Murdo," rief Holmes freundlich. "Ich meine, Ihr werdet mich nicht vergessen haben. Wer war's, der vor vier Jahren an Euerm Benefiz-Abend in Alksons Saal drei Gänge mit Euch ausgefochten hat, he?"

"Was, Sie sind's, Herr Sherlock Holmes!" brüllte der Preisfechter. "Bei Gott! Sie hätte ich erkennen sollen. Wenn Sie nur, statt still dazustehen, gleich mit Ihrem Kreuzhieb unter den Kinnladen auf mich losgegangen wären! Wie schade, daß Sie Ihre Gaben ungenützt lassen. Wahrhaftig, Sie hätten Ehre und Ruhm ernten können, wenn Sie unsere Kunst ergriffen hätten."

"Sie sehen, Watson, wenn alles fehl schlägt, so bleibt mir doch noch ein wissenschaftlicher Beruf offen," sagte Holmes lachend. "Der wackere Mc. Murdo wird uns nun gewiß nicht länger hier draußen stehen lassen."

"Herein mit Ihnen, Herr – herein mit Ihnen und Ihren Freunden," rief er. "Nehmen Sie's nicht übel, Herr Thaddäus, ich habe strengen Befehl und mußte erst gewiß sein, mit wem ich's zu thun hatte."

Innerhalb der Mauer wand sich der Weg durch verwilderte Anlagen bis zu einem hohen, kastenartigen Gebäude, das ganz in Dunkelheit begraben dalag. Nur auf eine Ecke fiel der Mondstrahl und glitzerte am Dachkammerfenster. Der große, düstere Bau mit seiner Totenstille machte das Herz erschauern. Selbst Thaddäus Scholto schien sich unbehaglich zu fühlen und die Laterne bebte und klapperte ihm in der Hand.

"Ich kann nicht klug daraus werden," murmelte er. "Es muß da ein Mißverständnis obwalten. Ich habe Bartholomäus deutlich gesagt, daß wir kommen würden, und doch ist kein Licht in seinem Fenster. Das weiß ich mir nicht zu erklären."

"Läßt er das Haus immer auf solche Weise bewachen?" fragte Holmes.

"Ja, er hat die Gewohnheiten meines Vaters angenommen; er war sein Lieblingssohn. Vielleicht hat ihm der Vater auch mehr anvertraut als mir – wer kann das wissen? Dort oben ist

Bartholomäus' Fenster. Es sieht hell aus, weil es der Mond bescheint; aber ich denke, drinnen brennt kein Licht."

"Nein, da ist keins," sagte Holmes, "aber ich sehe den Schein eines Lichtes in dem kleinen Fenster neben der Thür."

"Dort ist die Stube der Haushälterin, der alten Frau Bernstone. Sie kann uns über alles Auskunft geben. Bitte, warten Sie einen Augenblick hier; ich will sie auf unser Kommen vorbereiten, sie möchte sonst erschrecken. Aber still! – Was war das!" –

Er hielt die Laterne in die Höhe und die Hand zitterte ihm so, daß die Lichtkreise rund um uns tanzten und flimmerten. Wir horchten gespannt und mit klopfendem Herzen. Von dem großen, dunkeln Hause her tönte ein jammervoller Klagelaut – das Schluchzen und Wimmern eines geängstigten Frauenzimmers.

"Das ist Frau Bernstone," sagte Scholto. "Sie ist die einzige Frau im Hause. Warten Sie, ich bin gleich zurück."

Er eilte nach der Thür und klopfte auf eine besondere Art. Wir sahen, wie eine große Frau ihm öffnete und bei seinem Anblick überrascht zurücktaumelte.

"O, Herr Thaddäus, mein guter Herr, wie froh bin ich, daß Sie da sind!"

Wir hörten ihre wiederholten Freudenbezeigungen, bis die Thür geschlossen wurde und ihre Stimme in unverständlichen Lauten hinstarb.

Unser Führer hatte die Laterne bei uns zurückgelassen. Holmes schwang sie jetzt langsam im Kreise; er leuchtete damit nach dem Hause hin und nach den großen Haufen von Schutt und aufgeworfenem Erdreich, die überall umherlagen. Währenddem standen Fräulein Morstan und ich beisammen, und ich hielt ihre Hand in der meinigen. – Es ist ein wundersames, rätselhaftes Ding um die Liebe. Wir zwei Menschen hatten einander an diesem Tage zum erstenmal gesehen; nie zuvor war zwischen uns ein Wort oder ein Blick der Zuneigung gewechselt worden, und dennoch suchten sich unsere Hände unwillkürlich in dieser Stunde der Unruhe. Später habe ich mich oft darüber gewundert; aber damals schien es mir ganz selbstverständlich, daß ich mich ihr zuwenden mußte, und auch sie hat mir oft gesagt, daß ein unbewußtes Gefühl sie trieb, bei mir Trost und Schutz zu suchen. So standen wir denn wie zwei Kinder, Hand in Hand; in unseren Herzen war es hell, trotz aller Dunkelheit, die uns umgab.

"Was für ein sonderbarer Ort!" rief sie, umherblickend.

"Es sieht aus, als wären die Maulwürfe von ganz England hier geschäftig gewesen," sagte ich. "Mir fällt dabei ein Hügel in der Nähe von Ballarat ein, wo die Goldgräber gearbeitet hatten."

"Das ist sehr natürlich," meinte Holmes; "denn auch dies sind die Spuren von Schatzgräbern. Sie erinnern sich, daß die Brüder seit sechs Jahren nach dem Kasten suchten. Kein Wunder, daß der Erdboden umgewühlt ist."

In diesem Augenblick flog die Thür des Hauses auf, und Thaddäus kam mit vorgestreckten Armen herausgestürzt, bleiche Furcht im Antlitz.

"Bartholomäus ist etwas zugestoßen," rief er. "ich habe einen Schreck bekommen! Meine Nerven können das nicht ertragen." – Die Zähne klapperten ihm auch wirklich vor Angst, und sein Gesicht guckte mit dem flehenden, hilflosen Ausdruck eines Kindes aus dem großen Pelzkragen hervor.

"Lassen Sie uns ins Haus gehen," rief Holmes in seiner kurzen, entschlossenen Art.

"Ach ja, kommen Sie!," bat Scholto. "Ich bin wirklich außer stände, die nötigen Anordnungen zu treffen."

Wir folgten ihm alle in die Stube der Haushälterin, wo wir die alte Frau fanden, die mit verwirrtem Blick händeringend auf und ab ging. Bei Fräulein Morstans Anblick beruhigte sie sich einigermaßen.

"Gott segne Sie, daß Sie hier sind," rief sie unter krampfhaftem Schluchzen. "Es thut mir wohl, Ihr liebes Gesicht zu sehen. Ach, wie fürchterlich habe ich heute auszustehen gehabt!"

Das Fräulein streichelte ihr die hagere, arbeitsrauhe Hand und murmelte ein paar Worte teilnehmenden, weiblichen Zuspruchs. Das brachte wieder Farbe in die blutlosen Wangen des geängstigten Weibes.

"Mein Herr hat sich eingeschlossen und will mir nicht antworten," berichtete sie. "Den ganzen Tag habe ich gewartet, daß er mich rufen würde. Er ist oft gern allein und ich wollte ihn nicht belästigen, aber vor einer Stunde kam es über mich, daß etwas nicht richtig sein möchte, da ging ich hinauf und guckte durchs Schlüsselloch.

"Es hilft nichts, Herr Thaddäus, Sie müssen hinauf und sich selbst überzeugen. Seit zehn langen Jahren habe ich den Herrn Bartholomäus Scholto in Freud und Leid gesehen; aber niemals mit solchem Gesicht."

Sherlock Holmes nahm die Lampe und ging voran; der bebende Thaddäus folgte ihm. Er war so fassungslos, daß ich ihn stützen mußte und ihm helfen, die Treppe hinaufzukommen; denn die Kniee versagten ihm.

Zweimal zog Holmes auf der Treppe seine Lupe heraus, um die Kokosmatte genau zu betrachten, welche die Stufen bedeckte. Ich sah nur den Staub, der darauf lagerte; er aber mochte wohl noch andere Spuren gewahren, denn er ging langsam von Stufe zu Stufe, hielt die Lampe niedrig und schoß scharfe Blicke nach links und rechts. Fräulein Morstan war bei der jammernden Haushälterin zurückgeblieben.

Der dritte Treppenabsatz endigte in einem langen Korridor, dessen Wand rechts ein großes Bild in indischer Stickerei schmückte, während sich links drei Thüren befanden. Holmes schritt bedächtig weiter und wir folgten ihm auf den Fersen, unsere langen, schwarzen Schatten hinter uns durch den Gang werfend. Als wir die dritte Thür erreicht hatten, klopfte Holmes, erhielt jedoch keine Antwort. Nun versuchte er die Thür zu öffnen; sie war aber von innen verschlossen und ein großer starker Riegel vorgeschoben, wie wir beim Laternenlicht sehen konnten. Holmes bückte sich zum Schlüsselloch nieder, welches nicht ganz verdeckt war, fuhr jedoch augenblicklich wieder in die Höhe und atmete schwer.

"Da steckt der Teufel drin, Watson," rief er so aufgeregt, wie ich ihn nie zuvor gesehen. "Was denken Sie davon?" –

Ich sah nun auch durch das Schlüsselloch und prallte entsetzt zurück. Das Mondlicht erhellte den Raum mit unsicherm Schimmer und – scheinbar in der Luft schwebend, weil weiter unten alles dunkel war, hing da, den Blick mir zugewandt, ein Gesicht – genau das Gesicht unseres Gefährten Thaddäus. Derselbe hohe, kahle Kopf mit dem Kranz von rotem Haar, dasselbe blutlose Antlitz, nur daß die Züge unbeweglich waren, wie erstarrt, in einer unnatürlichen Grimasse, einem gräßlichen Lächeln, das sich in dem unheimlich stillen Zimmer abschreckender ausnahm und mehr auf die Nerven fiel, als die entsetzlichste Fratze oder Verzerrung. So ähnlich war das Gesicht dem unseres kleinen Freundes, daß ich mich unwillkürlich nach ihm umsah, um mich zu überzeugen, daß er wirklich hinter uns stand. Dabei fiel mir ein, daß er erwähnt hatte, er und sein Bruder seien Zwillinge.

"Das ist grauenhaft," sagte ich zu Holmes. "Was fangen wir an?"

"Wir sprengen die Thür," rief er, und stemmte sich mit seinem ganzen Gewicht dagegen, um das Schloß aufzubrechen. Es knarrte und ächzte, aber gab nicht nach. Jetzt warfen wir uns beide zusammen gegen die Thür und diesmal sprang das Schloß mit einem plötzlichen Krach auf und wir befanden uns in Bartholomäus Scholtos Zimmer. Es schien zu einem chemischen Laboratorium eingerichtet. Eine doppelte Reihe von Flaschen mit Glasstöpseln war längs der Wand, der Thür gegenüber aufgestellt und auf dem Tisch standen Kolben, Reagensgläser und Retorten unordentlich durcheinander. In den Ecken bemerkte ich große strohumflochtene Flaschen, welche Säuren enthalten mochten. Eine derselben schien zerbrochen worden zu sein, denn ein Strom dunkelfarbiger Flüssigkeit hatte sich daraus ergossen, und die Luft war geschwängert mit einem scharfen, theerartigen Geruch. Eine Trittleiter stand an der Seite des Zimmers, mitten in einem Haufen von Latten und Kalkstücken und über derselben sah ich eine Oeffnung in der Decke, groß genug, um einen Mann hindurchzulassen. Am Fuß der Leiter war ein langes, starkes Seil nachlässig hingeworfen. Neben dem Tisch aber, in einem hölzernen Lehnstuhl, saß, in sich zusammengefallen, der Herr des Hauses, den Kopf auf die rechte Schulter gesenkt und mit dem geisterhaften, unerklärlichen Lächeln im Gesicht. Er war steif und kalt und offenbar schon seit vielen Stunden tot. Er sah aus, als ob nicht allein seine Gesichtszüge, sondern alle seine Gliedmaßen auf die sonderbarste Weise verzerrt und verrenkt wären. Auf dem Tische, dicht an seiner Hand, lag eine eigentümliche Waffe – ein brauner, knorriger Stock, an dem ein steinerner, hammerartiger Griff mit grobem Bindfaden kunstlos befestigt war. Daneben lag ein abgerissenes Stück Papier, auf dem ein paar Worte gekritzelt waren. Holmes warf einen Blick darauf und zog die Augenbrauen bedeutsam in die Höhe, dann reichte er es mir.

"Was sagen Sie nun?"

Beim Licht der Laterne las ich mit Schaudern und Schrecken: "*Das Zeichen der Vier.*"

"Um Gottes willen, was soll das alles bedeuten?" rief ich.

"Es bedeutet Mord," erwiderte er, sich über den Toten beugend. "Ach! Das erwartete ich. Sehen Sie her!"

Er zeigte auf einen Gegenstand, der wie ein langer, dunkler Dorn aussah und gerade über dem Ohr in der Haut steckte.
"Das scheint mir ein Dorn zu sein."

"Ja, es ist ein Dorn. Sie können ihn herausziehen, aber seien Sie vorsichtig, denn er ist vergiftet." Ich nahm ihn zwischen Daumen und Zeigefinger und er ließ sich so leicht aus der Haut ziehen, daß kaum eine Spur zurückblieb. Ein winziger Blutfleck zeigte, wo der Stachel eingedrungen war.

"Das ist mir alles ein unlösbares Rätsel," gestand ich, "statt sich zu klären wird es immer dunkler."

"Im Gegenteil," meinte Holmes, "es wird mit jedem Augenblick klarer. Mir fehlen nur noch ein paar verbindende Glieder zu einem ganz zusammenhängenden Fall."

"Wir hatten unsern Gefährten beinahe vergessen. Er stand, ein Bild des Entsetzens, immer noch in der Thüre, rang die Hände und stöhnte vor sich hin. Plötzlich brach er jedoch in ein lautes Jammergeschrei aus.

"Der Schatz ist fort!" klagte er. "Sie haben ihm den Schatz gestohlen! Dort oben ist das Loch, durch das wir ihn heruntergelassen haben. Ich half ihm dabei! Ich war der Letzte, der ihn gesehen hat. Hier habe ich ihn gestern abend verlassen und als ich die Treppe herabging, hörte ich noch, wie er die Thür verschloß."

"Zu welcher Zeit war das?"

"Um zehn Uhr. Und nun ist er tot, man wird die Polizei rufen und ich komme am Ende noch in Verdacht, die Hand mit im Spiele gehabt zu haben. O ja, gewiß wird's so kommen. Aber Sie, meine Herren, nicht wahr, Sie denken das nicht. Sicherlich werden Sie doch nicht glauben, daß ich's gewesen bin? Ich hätte Sie doch nicht hergebracht, wenn ich es wäre? O weh! O weh! Das bringt mich noch um den Verstand."

Er focht mit den Armen in der Luft, stampfte mit den Füßen, als hätte ihn schon der Wahnsinn ergriffen.

"Sie brauchen nichts zu befürchten, Herr Scholto," sagte Holmes, ihm freundlich seine Hand auf die Schulter legend, "folgen Sie meinem Rat und fahren Sie gleich auf das Polizeiamt, um den Sachverhalt anzuzeigen. Erbieten Sie sich auch, der Behörde auf alle Weise behilflich zu sein. Wir werden hier Ihre Rückkehr abwarten."

Der kleine Mann gehorchte in halber Betäubung und wir hörten ihn im Dunkel die Treppe hinabstolpern.

SECHSTES KAPITEL. SHERLOCK HOLMES HÄLT EINEN VORTRAG.

"Nun Watson," sagte Holmes und rieb sich die Hände, "wir haben jetzt eine halbe Stunde für uns, die wollen wir gut benutzen. Obschon mir der Fall, wie ich Ihnen bereits sagte, fast völlig klar ist, so dürfen wir uns doch nicht durch zu große Sicherheit irreführen lassen. Scheint das Ding jetzt auch einfach; so können doch noch verwickelte Umstände dahinter liegen."

"Einfach!" rief ich aus.

"Gewiß," sagte er mit der Miene eines Professors in der Klinik, der vor seinen Studenten demonstriert. "Setzen Sie sich, bitte, dort in den Winkel, damit Ihre Fußstapfen keine Unordnung machen. Nun zur Sache. Zuerst – wie kamen – und wie gingen diese Leute? Die Thür ist seit gestern nicht geöffnet worden. Wie steht es mit dem Fenster?" Er nahm die Laterne in die Hand und begann seine Beobachtungen, deren Ergebnisse er vor sich hinmurmelte.

"Fenster innen verriegelt. Rahmen ganz solid. Keine Haspen an den Seiten. Oeffnen wir's. Keine Wasserröhre in der Nähe. Das Dach nicht zu erreichen. Ein Mann ist aber doch durchs Fenster gestiegen. Es hat vorige Nacht etwas geregnet. Hier ist der Abdruck von einem Fuß in dem nassen Staub auf dem Fenstersims, und hier ist eine runde Spur, und hier noch eine auf dem Boden, und dort wieder am Tisch. Sehen Sie her, Watson! Das giebt wahrlich eine prächtige Beweisführung."

Ich blickte auf die deutlich abgedrückten, schmutzigen Kreise. "Das ist keine Fußspur," sagte ich.

"Nein, aber für uns von viel größerem Wert. Es ist der Abdruck eines Stelzfußes. Hier, auf dem Fenstersims, sehen Sie die Stiefelspur, – ein schwerer Stiefel mit breitem Metallabsatz – und daneben ist die Spur von dem Holzstumpf."

"Der Mann mit dem hölzernen Bein!"

"Ganz recht. Aber es ist noch sonst jemand dabei gewesen – ein sehr geschickter und thätiger Verbündeter. Würden Sie hier an der Mauer heraufklettern können, Doktor?"

Ich sah aus dem offenen Fenster. Der Mond schien hell auf unsere Seite des Hauses. Wir waren gute sechzig Fuß vom Boden, und nirgends konnte ich einen Halt für den Fuß, oder auch nur einen Riß im Mauerwerk entdecken.

"Das ist ganz unmöglich," rief ich.

"Ohne Hilfe, allerdings. Aber stellen Sie sich vor, Sie hätten einen Freund hier oben, der Ihnen diesen guten, dicken Strick an der Hausecke herabließe, nachdem er ihn zuvor an dem starken Haken befestigt hätte, den Sie hier in der Mauer sehen. Wenn Sie dann ein rüstiger Mann wären, könnten Sie, denke ich wohl, heraufklettern, zusamt dem hölzernen Bein. Natürlich treten Sie den Rückweg auf dieselbe Weise an, ihr Helfershelfer aber zieht den Strick herauf, bindet ihn vom Haken los, schließt das Fenster wieder, verriegelt es von innen und geht fort, wie er ursprünglich gekommen ist. Nebenbei ist noch zu bemerken," fuhr er fort, während er den Strick durch die Finger laufen ließ, "daß unser Freund mit dem hölzernen Bein zwar ein guter Kletterer, doch kein Seemann von Beruf war. Er hatte keine Hornhaut an den Händen. Meine Lupe zeigt mir mehr als eine Blutspur, besonders gegen das Ende des Stricks, woraus ich schließe, daß er mit großer Geschwindigkeit hinabgerutscht ist und sich dabei die Hände arg zerschunden hat."

"Das mag alles richtig sein," sagte ich, "aber verständlich wird das Ding darum noch nicht. Wie steht's mit diesem geheimnisvollen Verbündeten? Auf welche Weise ist der ins Zimmer gekommen?" – "Ja, der Verbündete," fuhr Holmes nachdenklich fort. "Seine Indizien sind höchst interessant, und heben den Fall über den Kreis des Alltäglichen hinaus. In der Verbrecherstatistik unseres Landes wird dieser Verbündete wohl ein ganz neues Feld eröffnen – man kennt ähnliche Fälle nur aus Indien und wenn ich mich recht erinnere, aus Senegambien."

"Aber wie ist er denn hereingekommen?" wiederholte ich. "Die Thür war verschlossen, das Fenster nicht zu erreichen. Kam er etwa durch den Schornstein?"

"Der Kamin ist viel zu eng. Diese Möglichkeit hatte ich schon in Betracht gezogen."

"Nun also, wie denn?" –

"Sie sollten doch einmal meine Vorschrift anwenden," erwiderte er, den Kopf schüttelnd. "Wie oft habe ich Ihnen gesagt, daß man nur alle Unmöglichkeiten zu beseitigen braucht; was dann übrig bleibt, muß trotz aller Unwahrscheinlichkeit der wirkliche Sachverhalt sein. Wir wissen, daß er weder durch die Thür, noch durch das Fenster oder den Kamin kam. Wir wissen gleichfalls, daß er nicht im Zimmer verborgen sein konnte, da kein Versteck in demselben möglich ist. Woher konnte er also kommen?"

"Durch das Loch in der Decke!" rief ich.

"Natürlich, das steht fest. Nun halten Sie mir, bitte, die Leuchte und lassen Sie uns den obern Raum durchsuchen – den geheimen Raum, in welchem der Schatz gefunden wurde."

Er bestieg die Leiter, griff mit jeder Hand nach einem Balken und schwang sich in den Dachboden hinaus. Dort legte er sich platt auf die Erde, streckte den Arm nach der Lampe aus und leuchtete mir damit, während ich ihm auf dieselbe Weise folgte.

Der Raum, in welchem wir uns befanden, war ungefähr zehn Fuß lang und sechs Fuß breit. Den Boden bildeten die Ballen, mit dünnen Latten und Kalkbewurf dazwischen, so daß man beim Gehen von einem Balken zum andern schreiten mußte, um nicht durchzubrechen. Die Decke wölbte sich in einem Spitzbogen und bildete augenscheinlich die innere Verkleidung des Hausdaches. Der Raum war völlig leer, nur der gehäufte Staub von Jahren lag dick auf dem Boden.

"Da haben wir's," sagte Holmes, die Hand gegen die schräge Wand legend, "hier ist eine Fallthür, die auf das Dach führt. Wenn ich sie öffne, kommt das Dach zum Vorschein, das ganz allmählich abfällt. So also hat Numero eins seinen Eingang gehalten. Nun lassen Sie uns sehen, ob wir noch andere Spuren dieser Persönlichkeit finden können."

Er hielt die Lampe auf den Boden; zum zweitenmal an diesem Abend las ich Schrecken und Staunen in seinen Augen. Ich folgte seinem Blick, und es lief mir kalt über den Rücken. Auf dem Boden sah man dicht bei einander Abdrücke eines nackten Fußes – deutlich ausgeprägt, vollkommen geformt, aber kaum zur Hälfte von dem Maß eines gewöhnlichen Mannes.

"Holmes," flüsterte ich entsetzt, " *ein Kind* hat diese Greuelthat vollführt."

Er hatte bereits seine Fassung wiedergewonnen.

"Ich war einen Augenblick bestürzt," sagte er, "aber die Sache ist ganz natürlich. Bei einiger Ueberlegung hätte ich es vorher wissen können. Hier oben finden wir jetzt nichts weiter; lassen Sie uns hinunter gehen."

"Wie erklären Sie sich denn aber diese Fußspuren?" sagte ich eifrig, sobald wir wieder auf festem Boden standen.

"Mein lieber Watson, strengen Sie doch einmal Ihren Scharfsinn an," rief er mit einem Anflug von Ungeduld. "Sie kennen meine Methode. Versuchen Sie dieselbe anzuwenden und es wird lehrreich für uns sein, die Resultate zu vergleichen."

"Ich vermag mir nichts auszudenken, was die Thatsachen erklären könnte."

"Es wird Ihnen bald genug alles klar werden," sagte er in nachlässigem Ton. "Hier giebt es, glaube ich, nichts mehr von Wichtigkeit, aber ich will sehen." Schnell zog er die Lupe und ein Zentimetermaß aus der Tasche und untersuchte nun das ganze Zimmer auf den Knieen, messend, vergleichend, prüfend. Seine lange, spitze Nase war dabei nur ein paar Zoll von der Diele entfernt, und seine tiefliegenden Augen funkelten, wie die eines Raubvogels. Einem Jäger gleich, der die Fährte des Wildes verfolgt, bewegte er sich geräuschlos und flüchtig, bald hierhin, bald dorthin. Während ich sein Thun beobachtete, drängte sich mir unwillkürlich der Gedanke auf, was für ein furchtbarer Verbrecher er hätte werden können, wenn er diese Thatkraft und Schlauheit, statt sie in den Dienst des Gesetzes zu stellen, zur Ungesetzlichkeit verwenden wollte. Er murmelte fortwährend vor sich hin und brach endlich in einen lauten Freudenschrei aus.

"Wir haben Glück!" rief er. "Jetzt wird es nur noch geringe Mühe kosten. Numero *eins* hat das Mißgeschick gehabt, in das Kreosot zu treten. Hier können Sie den Abdruck der Kante seines kleinen Fußes neben dem übelriechenden Zeug sehen. Die Flasche ist gesprungen und der Stoff ausgeflossen."

"Und was dann?" sagte ich.

"Was dann? – Nun, wir haben ihn, das ist alles. Ich weiß einen Hund, der würde diese Fährte bis zum Ende der Welt verfolgen. Wenn eine Koppel Hunde einem geschleiften Hering durch eine ganze Grafschaft nachzuspüren vermag, wie weit wird dann der besonders darauf dressierte Hund einem so scharfen Geruch folgen können? Das klingt wie eine Aufgabe in der Regeldetri. Die Antwort sollte uns – aber holla! hier sind die bevollmächtigten Vertreter des Gesetzes."

Stimmengewirr und schwere Tritte wurden von unten her vernehmbar. Die Hausthür schloß sich mit einem lauten Krach.

"Ehe sie kommen," sagte Holmes, "legen Sie einmal Ihre Hand auf des Toten Arm, und hier an sein Bein; was fühlen Sie?"

"Die Muskeln sind hart wie ein Brett."

"Richtig. Sie sind weit starker zusammengezogen als in der gewöhnlichen Totenstarre. Dazu kommt noch die Verzerrung des Gesichts zu dem abschreckenden Grinsen, oder *risus sardonicus*, wie

46

die Alten es nannten. Welche Schlußfolgerung würden Sie aus alledem ziehen?"

"Daß die Todesursache ein starkes, vegetabilisches Alkaloid gewesen ist, ein strychninartiger Stoff, welcher Starrkrampf erzeugt."

"Das war auch meine Idee, als ich die verzerrten Gesichtsmuskeln sah. Sobald ich den Dorn entdeckte, der in die Kopfhaut gestoßen oder geschossen worden war, erriet ich, auf welche Weise das Gift in den Körper gedrungen sei. Wenn nun der Mann in seinem Stuhl aufrecht gesessen hat, so war der Teil des Kopfes, in welchem der Dorn steckte, gerade gegen das Loch in der Decke gerichtet. Nun untersuchen Sie den Dorn."

Ich faßte denselben vorsichtig an und hielt ihn gegen das Licht der Laterne. Er war lang, scharf und schwarz; die Spitze sah wie glasiert aus, als ob ein gummiartiger Stoff darauf getrocknet wäre. Das stumpfe Ende war mit dem Messer abgerundet.

"Ist das ein englischer Dorn?" fragte Holmes.

"Gewiß nicht."

"Nun, nach allen diesen Ermittlungen sollten Sie doch imstande sein, einen richtigen Schluß zu ziehen. – Aber da rückt die Hauptmacht an; jetzt können die Hilfstruppen zum Rückzug blasen."

Starke Tritte schallten im Gange, und ein sehr wohlbeleibter Mann im grauen Rock kam würdevoll in das Zimmer gegangen. Sein Gesicht war rot und aufgedunsen, und die kleinen Augen blitzten scharf unter schwülstigen Lidern hervor. Ihm auf den Fersen folgte ein Polizeibeamter in Uniform und der immer noch bebende Thaddäus Scholto.

"Schönes Geschäft hier!" rief er mit kurzatmiger, heiserer Stimme: "Schönes Geschäft hier! Aber wer sind alle diese Leute? Meiner Treu, das Haus scheint so voll zu sein wie ein Taubenschlag."

"Ich denke, Sie werden sich meiner erinnern, Herr Athelney Jones," sagte Holmes ruhig.

"Ja natürlich, gewiß!" gab er keuchend zur Antwort. "Herr Sherlock Holmes, der Theoretiker. Erinnern – ich denke wohl, die Vorlesungen über Ursachen und Wirkungen, die Sie uns allen bei dem Juwelendiebstahl in Bishopgate hielten, werde ich nie vergessen. Freilich haben Sie uns damals auf die rechte Spur gebracht, aber Sie werden jetzt wohl selbst eingestehen, daß dabei mehr Glück als Berechnung im Spiele war."

"Nur eine höchst einfache Schlußfolgerung."

"Geben Sie's nur zu, es ist ja keine Schande. Aber was haben wir hier? Eine böse, eine häßliche Geschichte! Kein Raum für Theorien, handelt sich um Thatsachen. Hat sich glücklich getroffen, daß ich just wegen eines andern Falls in Norwood sein mußte. War auf dem Bahnhof, als die Meldung kam. Woran ist der Mann gestorben, was meinen Sie?"

"O, das ist kein Fall, über den ich Mutmaßungen äußern möchte," sagte Holmes trocken.

"Je nun, man kann ja nicht leugnen, daß Sie zuweilen den Nagel auf den Kopf getroffen haben. – Merkwürdig! Verschlossene Thür, wie mir gesagt wird, Juwelen im Wert von einer halben Million verschwunden. Wie fanden Sie das Fenster?"

"Geschlossen; aber es sind Tritte auf dem Fenstersims."

"So, so! Wenn's aber geschlossen war, können die mit der Sache nichts zu thun haben, – das versteht sich von selbst. Der Mann ist vielleicht vom Schlag getroffen; aber, daß die Juwelen fehlen – Halt! ich habe eine Theorie. Solche Eingebungen kommen zu Zeiten über mich – Gehen Sie doch einmal hinaus, Sergeant – und Sie, Scholto, Ihr Freund kann bleiben, – Was meinen Sie, Holmes – Scholto war nach seinem eigenen Bekenntnis gestern abend bei seinem Bruder. Der Bruder starb plötzlich, worauf Scholto mit dem Schatz davonging? Stimmt das?"

"Worauf der tote Mann sehr bedachtsam aufstand und die Thüre von innen verschloß."

"Hm! Das stimmt nicht. Wir wollen die Sache einmal vernünftig überlegen: Thaddäus Scholto und sein Bruder bekamen Streit miteinander. Der Bruder ist tot und die Juwelen sind fort. Das ist, was wir wissen. Niemand hat den Bruder gesehen, seit Thaddäus ihn verließ. Sein Bett ist unbenutzt geblieben. Thaddäus befindet sich offenbar in sehr erschütterter Gemütsverfassung. Sein Aeußeres ist – nun – wir wollen sagen – nicht anziehend. Sie sehen, daß mein Gespinst sich um Thaddäus webt. Das Netz zieht sich immer mehr zusammen."

"Noch sind Ihnen nicht alle Thatsachen bekannt," sagte Holmes. "Dieser Holzsplitter, den ich nicht ohne guten Grund für vergiftet halte, stak in des Mannes Schädel; man steht noch die Spur. Diese beschriebene Karte lag auf dem Tisch, und daneben jener sonderbare Stock mit dem Steingriff. Wie paßt das alles zu Ihrer Theorie?"

"Bestätigt sie in jeder Hinsicht," sagte der dicke Detektiv sehr selbstbewußt. "Das Haus ist ja voll indischer Kuriositäten. Thaddäus hat den Stock mitgebracht, und wenn der Splitter giftig ist, kann Thaddäus ebensogut wie ein anderer einen mörderischen Gebrauch davon gemacht haben. Die Karte halte ich für irgend einen Hokuspokus, um uns irre zu führen. Die einzige Frage ist, wie kam er davon? O natürlich, da ist ja ein Loch in der Decke."

Mit großer Gelenkigkeit, in Anbetracht seines Umfangs, erstieg er die Trittleiter und klemmte sich durch das Loch in den Zwischenboden. Gleich darauf verkündete er mit triumphierender Stimme, daß er die Fallthür entdeckt habe.

"Dergleichen findet er wohl," bemerkte Holmes achselzuckend. "Zuweilen dämmert's in seinem Verstand; wären nur die gescheiten Narren nicht die allerunbequemsten."

Athelney Jones kam jetzt die Leiter wieder herabgeklettert. "Sehen Sie," sagte er, "Thatsachen sind doch immer sicherer als Theorien. Meine Ansicht hat sich bestätigt. Im Dach ist eine Fallthür, die sogar halb offen steht."

"Ich habe sie aufgemacht."

"Was? Wirklich! Sie haben sie also gefunden?"

Er schien etwas niedergeschlagen über diese Entdeckung. "Nun einerlei, sie beweist, wie unser Mann entkommen ist. – Inspektor!"

"Ja, Herr," tönte es aus dem Gange.

"Bitten Sie Herrn Scholto einzutreten. – Herr Scholto, es ist meine Pflicht, Ihnen mitzuteilen, daß Sie vorsichtig in Ihren Aeußerungen sein müssen, weil sie zu Ihren Ungunsten gebraucht werden könnten. Ich verhafte Sie im Namen der Königin als mitbeteiligt am Tode Ihres Bruders."

"Da haben wir's! Sagte ich's Ihnen nicht!" schrie der arme, kleine Mann, indem er die Hände rang und uns nacheinander jammervoll anblickte.

"Machen Sie sich keine Sorge darüber, Herr Scholto," beruhigte ihn Holmes. "Ich glaube, daß ich mich verpflichten kann, Ihre Unschuld zu beweisen."

"Versprechen Sie nicht zu viel, Herr Theoretiker; versprechen Sie nicht zu viel," fuhr der Detektiv auf. "Sie möchten es doch schwieriger finden, als Sie denken."

"Ich werde nicht allein die Anklage entkräften, sondern ich will Ihnen auch den Namen und die Beschreibung von einem der beiden Leute zum besten geben, die gestern abend in diesem Zimmer waren. Ich habe alle Ursache zu glauben, daß er Jonathan Small heißt. Er ist ein ungebildeter Mann, klein von Gestalt und gelenkig, ihm fehlt das linke Bein und er trägt einen Stelzfuß, dessen innere Seite abgescheuert ist. Sein rechter Stiefel hat eine grobe, vierkantige Sohle und einen eisernen Beschlag um den Absatz. Er ist in mittleren Jahren, sonnverbrannt und ist ein Sträfling gewesen. – Diese wenigen Andeutungen werden Ihnen vielleicht von Nutzen sein; auch mache ich Sie noch darauf aufmerksam, daß ihm ein gutes Teil Haut auf der Handfläche fehlt. Der andere Mann –"

"Oha, der andere Mann?" fragte Athelney Jones mit höhnischer Stimme, obgleich ihn diese genauen Angaben, wie sich leicht merken ließ, höchlich in Erstaunen gesetzt hatten.

"Ist eine ziemlich merkwürdige Persönlichkeit," versetzte Sherlock Holmes, indem er sich auf dem Absatz umwandte. "Ich hoffe binnen kurzem in der Lage zu sein, Sie dem Paare vorzustellen. Auf ein Wort, Watson."

Er führte mich hinaus bis auf den Treppenabsatz.

"Wir haben über diesem unerwarteten Ereignis den ursprünglichen Zweck unserer Fahrt ganz aus dem Gesichte verloren," sagte er.

"Daran dachte ich eben; es ist nicht in der Ordnung, daß Fräulein Morstan noch länger in diesem Unglückshaus verweilt."

"Nein. – Sie müssen die Dame nach Hause begleiten. Sie wohnt bei Frau Cäcilie Forrester in Nieder-Camberwell – das ist nicht weit. Ich warte hier auf Sie, wenn Sie mit mir zurückfahren wollen – oder sind Sie vielleicht müde?"

"Durchaus nicht. Ich würde keine Ruhe finden, bevor ich mehr von dieser abenteuerlichen Angelegenheit weiß. Zwar habe ich das Leben schon früher von seiner dunkeln Seite kennen gelernt, aber ich gestehe, daß die erschütternden Erlebnisse dieses Abends meine Nerven stark aufgeregt haben. Trotzdem würde ich gerne mit Ihnen der Sache auf den Grund kommen, nun ich mich einmal damit befaßt habe."

"Für mich wird Ihre Gegenwart von großem Wert sein," antwortete Holmes. "Wir beide wollen den Fall allein durchführen und den klugen Jones seinen Hirngespinsten überlassen. Wenn Sie Fräulein Morstan an ihrem Hause abgesetzt haben, so fahren Sie, bitte, nach der Pinchinstraße Nro. 3, nicht weit vom Ufer bei Lambeth. Im dritten Haus rechter Hand ist ein Laden mit ausgestopften Tieren. Sie werden im Fenster ein Wiesel sehen, das ein junges Kaninchen in den Krallen hält. Klopfen Sie den Ausstopfer, den alten Sherman, heraus. Ich lasse mich ihm empfehlen, und er soll mir unverzüglich den Toby schicken. Sie müssen den Toby zugleich in der Droschke mitbringen."

"Ein Hund, wie ich vermute?"

"Ja, ein sonderbarer Mischling mit ganz erstaunlichem Spürsinn. Mir ist Tobys Beistand lieber als die Hilfe der ganzen Geheimpolizei von London."

"Gut, ich bringe ihn. Es ist jetzt ein Uhr. Wenn der Kutscher schnell fährt, sollte ich vor drei Uhr wieder hier sein können."

"Unterdessen," sagte Holmes, "will ich noch Frau Bernstone ausfragen und den indischen Diener, der, wie mir Thaddäus sagt, hier nebenan in der Kammer schläft. Auch kann ich die Methode des großen Jones studieren und seinen nicht allzu zarten Stichelreden lauschen. Ja, ja – wir sind gewohnt, ›daß die Menschen verhöhnen, was sie nicht verstehen.‹ – Goethe trifft doch immer ins Schwarze."

51

SIEBENTES KAPITEL. TOBY AUF DER FÄHRTE.

Ich brachte Fräulein Morstan in der Droschke nach Hause, in welcher die Polizei gekommen war. Nach edler Frauen Art hatte sie alles Ungemach ertragen, so lange es galt, jemand beizustehen, der hilfloser war als sie selbst, und so hatte ich sie heiter und gelassen neben der verstörten Haushälterin gefunden. Im Wagen aber fühlte sie sich zuerst schwach und brach dann in einen Strom von Thränen aus – das Abenteuer der Nacht hatte ihre Kräfte erschöpft. Sie hat mir später gesagt, daß ich ihr bei der Fahrt kalt und zurückhaltend erschienen sei. Von dem Kampf in meiner Brust, von der Selbstüberwindung, die es mich kostete, ahnte sie nichts. Mitgefühl und Liebe stürmten auf mich ein; ich fühlte, daß Jahre des gewöhnlichen, gesellschaftlichen Verkehrs mir keinen so tiefen Einblick in ihre tapfere und dabei so echt weibliche Natur hätten gewähren können, als es dieser *eine* Tag mit seinen seltsamen Erlebnissen gethan. Aber kein Wort der Zuneigung kam über meine Lippen. Sie war schwach und hilflos, in Nerven und Gemüt stark erschüttert. Ihr in solchem Augenblick meine Liebe aufdringen, hieße ihren Zustand mißbrauchen. Schlimmer noch – sie war *reich*. Wenn Holmes' Nachforschungen sich erfolgreich erwiesen, wurde sie eine Erbin. Wäre es rechtschaffen, wäre es ehrenhaft gewesen, wenn ein Militärarzt auf halbem Sold Vorteil aus einer Vertraulichkeit gezogen hätte, welche der Zufall veranlaßte? Müßte sie mich nicht für einen gemeinen Glücksjäger ansehen? Ich konnte den Gedanken nicht ertragen; wie eine unübersteigliche Mauer lag der Agra-Schatz zwischen uns.

Es schlug bereits zwei Uhr, als wir bei Frau Forrester anlangten. Die Dienerschaft hatte sich schon vor mehreren Stunden zurückgezogen; nur die Frau des Hauses war noch wach, Fräulein Morstans Rückkehr erwartend. Die ganze seltsame Angelegenheit hatte Frau Forrester so sehr beschäftigt, daß sie keine Ruhe fand. Sie öffnete uns selbst die Thür, und es machte mir Freude zu sehen, wie zärtlich sie den Arm um die Heimgekehrte schlang, mit wie mütterlicher Stimme sie dieselbe begrüßte. Sie war ihr offenbar keine bezahlte Untergebene, sondern eine hochgeschätzte Freundin. Frau Forrester, eine anmutige Dame in mittleren Jahren, forderte mich dringend auf, einzutreten und unsere Abenteuer zu erzählen. Ich erklärte indessen, daß ich einen wichtigen Auftrag habe und versprach wiederzukommen und über den weitern Verlauf der Sache getreulich zu berichten. Beim Abfahren warf ich noch einen flüchtigen Blick zurück. Das behagliche Heim, die beiden Frauengestalten auf der Schwelle, die halboffene Thür, das Licht aus der Vorhalle, das durch gefärbte Scheiben auf sie fiel – es war ein anmutiges Bild, das mich begleitete und wohlthuend beruhigte inmitten der wilden, dunkeln Erlebnisse, die mich so völlig eingenommen hatten.

Je mehr ich über die ganze Begebenheit nachdachte, um so verwirrter und düsterer wurde sie. Während die Droschke mit mir durch die stillen, gasbeleuchteten Straßen dahinrasselte, rief ich mir noch einmal alle Einzelheiten ins Gedächtnis. Das ursprüngliche Problem war jetzt so ziemlich gelöst. Der Tod Hauptmann Morstans, die Uebersendung der Perlen, die Zeitungsanzeige, der Brief – über dies alles waren wir nun aufgeklärt, aber es hatte uns nur zu einem noch rätselhafteren und schrecklicheren Geheimnis geführt. Der indische Schatz, der seltsame Grundriß, der in Morstans Brieftasche gefunden worden, die Szene beim Tode des Majors Scholto, die Wiederauffindung des Schatzes, auf welche unmittelbar die Ermordung des Entdeckers gefolgt war, die merkwürdigen Indizien, von denen das Verbrechen begleitet war, die Fußspuren, die fremdartige Waffe, das Zeichen der Vier auf dem Grundriß und dieselben Worte auch jetzt wieder auf dem Stück Papier – in der That ein verzweifeltes Labyrinth, aus dem nur Holmes mit seiner eigenartigen Begabung hoffen durfte, sich herauszufinden. Die im untern Teil von Lambeth gelegene Pinchin-Gasse bestand meist aus unansehnlichen, zweistöckigen Ziegelhäusern. Ich klopfte bei Nro. 3 längere Zeit, aber ohne Erfolg. Endlich zeigte sich indessen ein Lichtschein hinter dem Vorhang und ein Gesicht guckte aus dem oberen Fenster.

"Fort mit Euch, betrunkener Ruhestörer," schallte es herunter, "wenn Ihr hier noch weiter Lärm macht, schließe ich den Hundestall auf und lasse dreiundvierzig Hunde auf Euch los."

"Ihr sollt nur *einen* herauslassen – deshalb komme ich eben."

"Fort mit Euch!" schrie die Stimme wieder. "Meiner Seel', ich hab' eine Natter hier im Sack; die werf' ich Euch auf den Kopf, wenn Ihr Euch nicht davon macht."

"Ich brauche aber einen Hund," rief ich.

"Aufgepaßt! Wenn ich ›drei‹ sage – kommt die Schlange herunter."

"Herr Sherlock Holmes," begann ich von neuem – die Worte übten eine wahrhaft magische Wirkung. Das Fenster wurde augenblicklich zugeworfen und in einer Minute war die Hausthür aufgeschlossen. Der alte Sherman, ein langer, schmächtiger Mann mit starkem Nacken und gebückten Schultern, trug eine blaugefärbte Brille. Er hielt sein Licht in die Höhe.

"Ein Freund von Herrn Sherlock ist mir zu jeder Zeit willkommen," sagte er. "Treten Sie ein. Nehmen Sie sich vor dem Köter in acht: der beißt. Ach du Nichtsnutz, du Nichtsnutz! hast du Lust nach dem Herrn zu schnappen?" Das war an ein Hermelin gerichtet, das den boshaften Kopf mit den roten Augen durch die Stäbe seines Käfigs drängte. – "Um die Schlange dort kümmern Sie sich nicht, es ist nur eine Ringelnatter. Sie ist nicht giftig, darum lasse ich sie durch die Stube laufen; sie schafft mir die Käfer fort. Sie dürfen mir's nicht verübeln, daß ich Sie zuerst ein bißchen grob angelassen habe; denn sehen Sie, es giebt so manchen, der mich 'raus klopft aus reinem Uebermut. Womit kann ich Herrn Sherlock dienen?"

"Er braucht einen Ihrer Hunde."

"Aha! das wird der Toby sein."

"Ja, Toby nannte er ihn."

"Toby wohnt hier links in Nro. 7."

Langsam schritt er mit seinem Licht voraus, mitten durch die merkwürdige Tierfamilie, die er um sich versammelt hatte. Bei dem unsichern Licht sah ich nur, wie bald hier, bald da funkelnde Augen aufblitzten, die aus Spalten und Winkeln auf uns niederguckten. Selbst auf den Balken über unseren Köpfen saßen würdevolle Vögel, die lässig das eine Bein, auf dem ihr Körper ruhte, mit dem andern wechselten, als unsere Stimmen ihren Schlummer störten.

Toby war ein häßliches, langhaariges Geschöpf, halb Wachtelhalb Dachshund, braun und weiß gefleckt, mit Hängeohren und ungeschicktem, wackeligem Gang. Nach einigem Zögern nahm er das Stück Zucker, welches sein Herr mir zugesteckt hatte, aus meiner Hand an. Dies besiegelte unser Bündnis; er folgte mir nun in die Droschke und machte keinerlei Schwierigkeit während der Fahrt. Es schlug drei auf der Schloßuhr, als ich Pondicherry-Lodge wieder erreichte. Mc. Murdo, der Hauswärter, war als Helfershelfer verhaftet worden, und statt seiner bewachten zwei Polizisten das enge Thor. Als ich jedoch den Namen des Detektivs nannte, ließen sie mich ungehindert mit dem Hunde passieren. Holmes stand, die Hände in den Taschen, auf der Hausschwelle und rauchte eine Pfeife.

"Schön, daß Sie ihn bringen!" rief er erfreut. "Athelney Jones ist inzwischen fortgegangen. Er hat während Ihrer Abwesenheit eine außerordentliche Kraft entfaltet und nicht allein unsern Freund Thaddäus, sondern auch den Thürhüter, die Haushälterin und den indischen Diener festgenommen. Jetzt haben wir den Schauplatz oben ganz für uns; nur der Sergeant ist da. Lassen Sie den Hund hier und kommen Sie mit."

Wir banden Toby an ein Tischbein im Vorsaal und stiegen die Treppe hinauf. Im oberen Zimmer fanden wir alles unverändert, nur die Gestalt in der Mitte war mit einem Linnentuch verhüllt worden.

"Leihen Sie mir Ihre Blendlaterne, Sergeant," sagte mein Gefährte zu dem schläfrigen Polizisten, der im Winkel saß. – "Danke. – Nun muß ich Stiefel und Strümpfe ausziehen, die nehmen Sie wohl mit hinunter, Watson. Ich habe eine kleine Kletterpartie vor. Bitte, tauchen Sie mein Taschentuch in das Kreosot. Recht so! Nun kommen Sie noch einen Augenblick mit mir nach dem Dachboden." Wir stiegen wieder durch das Loch hinauf. Holmes beleuchtete mit der Laterne die Fußstapfen im Staube.

"Bitte, betrachten Sie einmal diese Fußspuren recht genau. Fällt Ihnen irgend etwas Absonderliches dabei auf?"

"Sie stammen von einem Kinde oder einem kleinen Frauenzimmer," sagte ich.

"Aber, abgesehen von dem Maß, – bemerken Sie sonst nichts?"

"Sie scheinen mir so ziemlich wie andere Fußspuren."

"Durchaus nicht. Sehen Sie her! Dies ist der Abdruck eines rechten Fußes im Staube. Nun mache ich einen daneben mit meinem nackten Fuß. Was ist der Hauptunterschied?"

"Ihre Zehen sind alle zusammengepreßt; bei dem andern Abdruck dagegen trennen sich die Zehen deutlich von einander."

"Richtig. Merken Sie sich das, es ist von Wichtigkeit. Nun riechen Sie, bitte, an dem Holzrahmen des Klappfensters!"

Ich folgte seiner Anweisung und spürte augenblicklich einen starken Kreosotgeruch.

"Da hat er beim Hinaussteigen den Fuß aufgesetzt. Wenn *Sie* das riechen können, wird doch Toby sicherlich keine Schwierigkeit haben, die Spur zu finden. Nun machen Sie unten den Hund los und schauen Sie dann meine Seiltänzerkünste an."

Als ich ins Freie gelangte, stand Sherlock Holmes schon auf dem Dach; ich konnte ihn wie einen ungeheuren Glühwurm langsam am Dachrande hinkriechen sehen. Hinter einem Rauchfang verlor ich ihn einen Augenblick aus dem Gesicht, doch erschien er sogleich wieder, um dann nach der entgegengesetzten Seite zu verschwinden. Ich ging um das Haus herum und sah ihn oben auf einer der Dachrinnen sitzen.

"Sind Sie es, Watson," rief er.

"Ja."

"Dies ist die Stelle. Was ist das für ein schwarzes Ding da unten?"

"Ein Wasserfaß."

"Deckel darauf?"

"Ja."

"Keine Leiter zu sehen?"

"Nein."

"Der Henker hole den Kerl! Das ist ja ein halsbrecherisches Kunststück. Ich sollte aber doch imstande sein, hinunter zu kommen, wo er heraufklettern konnte. Das Wasserrohr fühlt sich ziemlich fest an. Vorwärts also, auf gut Glück."

Nun hörte man ein Klappern und Rutschen; die Laterne begann langsam an der Seite der Mauer weiter zu gleiten. Bald sprang auch Holmes leichten Fußes auf das Faß und von da auf den Boden herab.

"Es war nicht schwer, ihm nachzugehen," rief er, während er Strümpfe und Stiefel wieder anzog. "Von Zeit zu Zeit hatte er unterwegs einen Ziegel gelockert und in seiner Eile obendrein diesen Gegenstand verloren, der meine Diagnose vollkommen bestätigt – wie ihr Doktoren zu sagen pflegt."

Er hielt mir einen kleinen Beutel hin, der aus farbigen Gräsern gewebt und mit ein paar Glasperlen verziert, an Form und Größe einem Zigarrentäschchen nicht unähnlich war. Darin fand sich ein halbes Dutzend Stacheln von dunklem Holz, an einem Ende spitz, am andern abgerundet, wie der Dorn, welcher Bartholomäus Scholto getroffen hatte.

"Das sind höllische Dinger," sagte er. "Geben Sie acht, daß Sie sich nicht stechen. Ich bin glücklich, sie zu haben, denn es sind aller Wahrscheinlichkeit nach die einzigen, die er besaß. Sie und ich, wir brauchen nun nicht mehr zu fürchten, nächstens einmal einen solchen in unsere Haut zu bekommen. Ich meinesteils würde einen Granatsplitter bei weitem vorziehen. Wie steht's, Watson? Wäre Ihnen ein Marsch von sechs Meilen nicht zu viel?"

"Bewahre!"

"Wir wollen uns jetzt Tobys erprobter Führung überlassen, und sehen, was dabei herauskommt. – Ah, da bist du, mein Hundchen! Guter, alter Toby! Hier, riech' einmal, Toby, riech' einmal." Er hielt dem Hunde das mit Kreosot getränkte Tuch unter die Nase, während das Tier breitbeinig dastand, den Kopf höchst komisch auf die Seite gedreht, wie ein Kenner, der die ›Blume‹ einer berühmten Weinsorte prüft. Holmes warf dann das Taschentuch einige Schritte weit fort, befestigte einen starken Strick an des Köters Halsring und führte ihn an das Wasserfaß. Augenblicklich brach das Tier in ein anhaltendes, schrilles Gekläff aus; die Nase auf der Erde, den Schwanz in der Luft, trabte es der Spur nach, und zwar in so schnellem Lauf, daß wir tüchtig in Atem gehalten wurden und Mühe hatten, die straffgezogene Leine nicht fahren zu lassen.

Im Osten begann es jetzt zu dämmern, und wir konnten bei dem kalten, grauen Morgenlicht eine Strecke weit sehen. Hinter uns lag das große, kastenartige Haus mit seinen dunkeln Fenstern und kahlen Mauern trübselig und verlassen da. Unser Kurs führte quer durch das Grundstück, vorbei an kümmerlichem Buschwerk, verstreuten Kehrichthaufen und aufgewühlten Gruben und Löchern. Das verkommene, unheilverkündende Aussehen des Ortes paßte so recht zu dem Trauerspiel, dessen Schauplatz er war. Als wir die Umfassungsmauer erreichten, lief Toby ungestüm winselnd in ihrem Schatten entlang, bis er den Winkel erreichte, in welchem ein junger Buchenbaum wuchs. Wo die beiden Mauern zusammenstießen, waren mehrere Steine losgebrochen und die Oeffnungen ausgetreten und nach unten abgerundet, als hätten sie schon öfters zur Leiter gedient. Holmes kletterte hinauf, nahm mir den Hund ab und ließ ihn auf der andern Seite wieder fallen.

"Hier hat der Stelzfuß den Abdruck seiner Hand zurückgelassen," sagte mein Gefährte, als auch ich mich auf die Mauer geschwungen hatte. "Sehen Sie die leichte Blutspur auf dem weißen Kalk? Ein Glück, daß es seit gestern nicht stark geregnet hat; die Fährte wird sich auf dem Wege verfolgen lassen, obwohl die Leute achtundzwanzig Stunden Vorsprung haben."

Ich gestehe, mir schien die Sache nicht ganz zweifellos, wenn ich an den großen Verkehr dachte, der inzwischen auf der Landstraße stattgefunden hatte. Meine Besorgnis schwand jedoch schnell, denn Toby zögerte und schwankte keinen Augenblick, sondern strebte in seiner absonderlichen Art unaufhaltsam weiter. Offenbar siegte der scharfe Geruch des Kreosots über alle andern Düfte.

"Denken Sie nur nicht," bemerkte Holmes, "daß der Erfolg unseres Unternehmens auf dem bloßen Zufall beruht, daß einer der Kerle mit dem Fuß in das Kreosot getreten ist. Ich weiß jetzt genug, um imstande zu sein, ihnen auf mancherlei Weise beizukommen. Da jedoch unser Verfahren das nächstliegende war, habe ich es eingeschlagen; ich würde es für unrecht gehalten haben, dies nicht zu thun. Ein so hübsches, geistreiches Problem, wie ich anfangs hoffte, bietet der Fall nun freilich nicht mehr. Es hätte sich, ohne diesen allzudeutlichen Wegweiser, vielleicht einiger Ruhm dabei ernten lassen."

"An Ruhm und Anerkennung wird es Ihnen diesmal gewiß nicht fehlen, Holmes. Wahrhaftig, ich begreife nicht, durch welche Mittel Sie zu Ihren Ergebnissen gelangt sind. Wie konnten Sie zum Beispiel mit solcher Sicherheit den Mann mit dem hölzernen Bein beschreiben?"

"Bah, Verehrtester! Das ist die Einfachheit selbst – alles offenbar und verständlich. Effekthascherei ist überhaupt meine Sache nicht. Hören Sie nur: Zwei Offiziere, die den Wachtposten in einer Verbrecherkolonie befehligen, erfahren ein wichtiges Geheimnis, das sich auf einen vergrabenen Schatz bezieht. Ein Engländer, Namens Jonathan Small, zeichnet einen Grundriß für sie. Wir sahen den Namen auf der Karte, die Hauptmann Morstan in seiner Brieftasche trug. Small, wie Sie sich erinnern werden, hatte dieselbe für sich und seine Genossen unterschrieben mit dem Zeichen der Vier – wie er sich etwas dramatisch ausdrückte. An der Hand dieses Grundrisses haben nun die Offiziere – entweder beide, oder einer von ihnen – den Schatz gefunden und nach England gebracht; die Bedingung jedoch, unter welcher ihnen derselbe übergeben wurde, vermutlich unerfüllt gelassen. Nun fragt sich, warum hat Jonathan Small den Schatz nicht selbst genommen? Die Antwort ist nicht schwer. Das Datum auf der Karte beweist, daß sie aus der Zeit stammt, als Morstan auf seinem Posten in der Verbrecherkolonie war. – Jonathan Small konnte den Schatz nicht heben, weil er und seine Genossen selbst Sträflinge waren und der Freiheit beraubt."

"Aber das sind ja alles nur leere Vermutungen."

"Bewahre, es sind folgerichtige Annahmen, welche sich mit den Thatsachen decken; das zeigt der weitere Verlauf: Major Scholto bleibt ein paar Jahre in der Ruhe, glücklich in dem Besitz des Schatzes. Dann erhält er einen Brief aus Indien, welcher ihm einen großen Schrecken einjagt. Was stand darin?"

"Wahrscheinlich die Mitteilung, daß die Leute, denen er nicht Wort gehalten hatte, jetzt frei wären."

"Oder, daß sie davongelaufen seien. Letzteres ist viel wahrscheinlicher; denn den Termin ihrer Freilassung kannte er ohne Zweifel – er würde ihm nicht überraschend gekommen sein. Was thut er nun? Er suchte sich vor einem Mann zu schützen, der einen Stelzfuß trägt – vor einem *weißen* Mann, merken Sie wohl; denn er hält einen englischen Hausierer für einen Feind und schießt sogar eine Pistole auf ihn ab. Auf der Karte steht nur der Name eines einzigen weißen Mannes; die anderen sind Hindus oder Muhamedaner. Deshalb können wir mit Gewißheit annehmen, daß der Stelzfuß und Jonathan Small ein und dieselbe Person sind. Finden Sie einen Fehler in dieser Auseinandersetzung?"

"Nein, wahrlich nicht. Sie ist klar und bündig."

"Gut denn. Setzen wir uns an die Stelle von Jonathan Small und betrachten wir die Sache von seinem Standpunkt aus. Er kommt nach England, in der doppelten Absicht, wiederzugewinnen, was er als sein Eigentum ansieht, und Rache zu nehmen an dem Manne, der ihn hintergangen hat. Nachdem er herausgefunden, wo Scholto sich aufhält, hat er höchst wahrscheinlicherweise eine Verbindung mit einem Insassen des Hauses anzuknüpfen gesucht. Frau Bernstone erwähnte einen Hausmeister, Namens Lal Rao, von dem sie nichts Gutes zu berichten weiß. Das Versteck des Schatzes zu entdecken, war für Small ein Ding der Unmöglichkeit. Außer dem Major und einem treuen Diener, der nicht mehr am Leben ist, wußte kein Mensch darum. Plötzlich erfährt Small, daß der Major im Sterben liegt. Rasend vor Angst, das Geheimnis des Schatzes könne mit ihm begraben werden, trotzt er der Gefahr, von den Wächtern entdeckt zu werden, und gelangt bis an Scholtos Fenster. Nur die Gegenwart der beiden Söhne verhindert ihn, weiter vorzudringen. Voll Haß und Wut gegen den Toten steigt er jedoch bei Nacht in das Zimmer ein, durchsucht alle Papiere, in der Hoffnung, einen Fingerzeig über den Schatz zu finden, und läßt als Denkzeichen seines Besuchs die bedeutsamen Worte auf der Karte zurück: ›Das Zeichen der Vier.‹ Hätte er den Major erschlagen, so wäre das in seinen Augen kein gewöhnlicher Mord, sondern nur die gerechte Strafe gewesen, die er als Vertreter der vier Genossen vollzog. Wunderliche Selbsttäuschungen dieser Art kommen oft genug bei Verbrechern vor und führen nicht selten zu ihrer Entdeckung. – Haben Sie mir bis hierher folgen können, Doktor?"

"Ohne Schwierigkeit."

"Was blieb nun Jonathan Small übrig? Er konnte nichts thun, als im geheimen die Versuche überwachen, die gemacht wurden, um den Schatz aufzufinden. Vielleicht hat er inzwischen England verlassen und ist nur von Zeit zu Zeit dahin zurückgekehrt. Von der Entdeckung des vermauerten Dachbodens wurde er sogleich in Kenntnis gesetzt, vermutlich durch den Helfershelfer im Hause. Jonathan wäre mit seinem hölzernen Bein ganz außer stande gewesen, das hochgelegene Zimmer zu erreichen, welches Bartholomäus Scholto bewohnte. Er wird aber von einem merkwürdigen Gefährten begleitet, der diese Schwierigkeit überwindet, jedoch mit seinem nackten Fuß ins Kreosot tritt. Das bringt nun Toby auf den Schauplatz und nötigt einen Militärarzt auf Halbsold, im Morgengrauen meilenweit herumzulaufen."

"Aber es war der andere, und nicht Jonathan, der das Verbrechen beging."

"Ganz richtig. Jonathan war sogar entschieden dagegen, nach der Art zu urteilen, wie er umher gestampft ist, sobald er in das Zimmer kam. Er hatte nicht den Wunsch, seinen eigenen Kopf in die Schlinge zu stecken, hegte auch gegen Bartholomäus Scholto keinen Groll. Deshalb würde er es vorgezogen haben, wenn man ihn einfach hätte binden und knebeln können. Indessen, dem war nicht mehr abzuhelfen; die wilde Natur seines Gefährten war zum Ausbruch gekommen und das Gift hatte seine Wirkung gethan: So ließ Jonathan sein Denkzeichen zurück, schaffte die Kiste mit dem Schatz am Strick hinunter und folgte ihr selbst. Das war der Hergang der Ereignisse, so weit ich sie enträtseln kann. Was seine

Persönlichkeit betrifft, so muß er natürlich ein Mann in mittleren Jahren sein und auch sonnverbrannt, nachdem er längere Zeit in solch einem Backofen wie die Andamanen zugebracht hat. Seine Größe kann man leicht nach der Weite seiner Schritte schätzen, und daß er einen Bart hat, wissen wir. Sein bärtiges Gesicht war ja Thaddäus Scholto besonders aufgefallen, als er ihn am Fenster sah. Ich wüßte nicht, daß sonst noch etwas zu erörtern übrig bliebe."

"Aber der Genosse?"

"Ja so. Dabei ist kein großes Geheimnis. Sie werden alles bald genug erfahren. – Die Morgenluft ist doch köstlich. Sehen Sie nur, wie dort die kleine Wolke, gleich der roten Feder eines Riesenflamingos, durch die Luft segelt. Jetzt steigt der Goldrand der Sonne über die Dunstwolke Londons. Ich möchte gleich wetten, daß von allen den Leuten, die sie bescheint, keiner ein so seltsames Unternehmen vorhat, wie wir. – Sie haben doch Ihre Pistole bei sich?"

"Ich habe meinen Stock."

"Es wäre nicht unmöglich, daß wir etwas der Art brauchen, wenn wir ihr Nest aufgestöbert haben. Den Jonathan überlasse ich Ihnen, aber wenn der andere widerwärtig wird, so schieße ich ihn nieder."

Er zog seinen Revolver heraus und ließ ihn, nachdem er zwei Läufe geladen hatte, wieder in die Rocktasche gleiten.

Während der ganzen Zeit waren wir Tobys Führung gefolgt, auf halb ländlichen, mit Villen besetzten Wegen. Nun aber kamen wir in regelrechte Straßen, wo Arbeiter und Fuhrleute schon in Bewegung waren und schlampige Weiber die Fensterläden öffneten und die Thürschwellen fegten. Im Wirtshaus an der Ecke wurde es lebendig. Wüst aussehende Männer kamen heraus nach ihrer Morgenwäsche und trockneten sich den Bart am Aermel. Fremde Hunde kamen herzugelaufen, um uns neugierig zu mustern; aber unser unvergleichlicher Toby blickte weder rechts noch links, sondern trabte immer vor sich hin, mit der Nase am Boden, und hie und da ein ungestümes Geheul ausstoßend, zum Zeichen wie eifrig er der Spur nachging.

Die Leute, deren Fährte wir verfolgten, schienen einen wunderlichen Zickzackweg eingeschlagen zu haben; wahrscheinlich um der Beobachtung zu entgehen. Sie waren niemals auf der Hauptstraße geblieben, wenn sich ihnen eine gleichlaufende Seitenstraße darbot. Am unteren Ende von Kennington-Lane waren sie links durch die Bond- und Milesstraße abgebogen. Wo letztere Straße auf den Knights-Platz mündet, fing Toby plötzlich an, bald vor-, bald rückwärts zu laufen, sein eines Ohr war gespitzt, das andere hing herab: ein wahres Bild hündischer Unentschlossenheit. Dann wackelte er im Kreise umher und blickte von Zeit zu Zeit zu uns empor, als erwarte er Mitgefühl in seiner Verlegenheit.

"Was zum Henker hat der Hund?" brummte Holmes. "Sie werden doch nicht eine Droschke genommen haben, oder in einem Ballon aufgeflogen sein!"

"Vielleicht haben sie hier eine Weile Halt gemacht?"

"Aha! Schon recht. Er läuft wieder!" sagte Holmes, erleichtert aufatmend.

In der That hatte sich Toby wieder in Trab gesetzt. Noch einmal schnüffelte er, dann faßte er plötzlich einen Entschluß und schoß mit einer Kraft und Entschiedenheit davon, wie er sie noch nie gezeigt hatte. Er war jetzt wieder auf so sicherer Fährte, daß er nicht einmal die Nase auf dem Boden zu halten brauchte, wohl aber zerrte er hitzig an der Leine und versuchte sich loszureißen. An Holmes' leuchtenden Augen konnte ich erkennen, daß wir nach seiner Meinung dem Ende unserer Irrfahrt nahe sein müßten.

An der Schenke zum ›Weißen Adler‹ vorbei, stürmte der Hund wie unsinnig in Nelsons großen Holzhof hinein, wo die Arbeiter schon in voller Thätigkeit waren. Durch Sägemehl und Hobelspäne raste Toby weiter, ein Gäßchen hinunter, in einen Durchgang zwischen zwei Holzhaufen hinein und sprang dann endlich mit einem Triumphgebell an einem großen Faß in die Höhe, welches noch auf dem Handkarren stand, auf dem es hergebracht worden war. Mit weit heraushängender Zunge und blitzenden Augen stand Toby jetzt auf dem Faß, bald Holmes bald mich ansehend in Erwartung eines Zeichens der Anerkennung. Die Dauben des Fasses und die Räder des Karrens waren mit einer dunkeln Flüssigkeit getränkt und der Geruch von Kreosot erfüllte die ganze Luft. Eine Weile standen Holmes und ich sprachlos da, und dann brachen wir beide in ein unaufhaltsames, schallendes Gelächter aus.

ACHTES KAPITEL.
DAS FREIKORPS AUS DER BAKERSTRAßE

"Was nun?" fragte ich. "Toby hat den Ruf der Unfehlbarkeit verloren."

"Er handelte nach seiner Einsicht," versetzte Holmes und hob den Hund vom Faß herunter. "Es wird ja täglich Kreosot durch London gekarrt, man braucht es hauptsächlich um das Holz zu tränken; kein Wunder, daß unsere Fährte gekreuzt worden ist. Der arme Toby ist ohne Schuld."

"Sollten wir nicht die erste Spur wieder aufsuchen?"

"Ja, und das ist glücklicherweise nicht weit. Was den Hund an der Ecke des Knights-Platzes verwirrte, war offenbar, daß da zwei verschiedene Spuren in entgegengesetzter Richtung auseinandergingen. Wir sind der falschen gefolgt und brauchen also nur auf die andere zurückzugehen."

Das machte keine Schwierigkeit. Als wir Toby auf den Platz führten, wo er seinen Fehler begangen hatte, kreiste er in der Runde umher und schoß endlich in einer neuen Richtung fort.

"Wenn uns der Hund nur nicht an den Ort bringt, von wo das Faß Kreosot herkam!" bemerkte ich.

"Davor war mir auch bange, aber sehen Sie, er bleibt auf dem Pflaster des Bürgersteigs, während der Karren den Fahrweg benützt hat. Nein, nein – jetzt sind wir auf der richtigen Fährte."

Sie leitete uns abwärts auf das Flußufer zu, den Belmont-Platz und die Princestraße kreuzend. Am Ende von Broadstreet lief sie geradeswegs nach dem Wasser hin, wo sich eine kleine, hölzerne Schiffswerft befand. Toby führte uns bis zum äußersten Rande, dann stand er winselnd still und guckte auf den schwarzen Strom hinaus.

"Das Glück ist uns nicht hold," sagte Holmes. "Hier haben die Flüchtlinge ein Boot genommen."

Verschiedene kleine Fahrzeuge lagen teils im Wasser, teils auf der Werft umher. Wir brachten Toby zu einem nach dem andern, aber, obgleich er eifrig schnüffelte, gab er kein Erkennungszeichen.

Dicht bei dem Landungsplatz lag ein kleines Ziegelhaus. Auf dem hölzernen Aushängeschild am zweiten Fenster stand in großen Buchstaben zu lesen: ›Mordecai Smith‹ und darunter ›Boote zu vermieten auf Stunden oder tageweise.‹ Eine zweite Inschrift über der Thür that jedermann kund, daß daselbst ein Dampfboot gehalten werde, worauf übrigens auch die großen Haufen Coaks schließen ließen, die auf dem Damme lagen. Holmes sah sich langsam um und sein Gesicht nahm einen unheilverkündenden Ausdruck an.

"Das sieht schlimm aus," sagte er. "Die Kerle sind geriebener, als ich erwartete. Sie haben gesucht, ihre Spur zu verwischen. Ich fürchte, es handelt sich hier um eine im voraus abgekartete Sache."

Jetzt öffnete sich die Thür des Hauses und ein kleiner, etwa sechsjähriger Lockenkopf kam herausgelaufen, hinter ihm her eine untersetzte Frau mit rotem Gesicht und einem großen Schwamm in der Hand.

"Gleich kommst du und läßt dich waschen, Jack," schrie sie; "du Nichtsnutz! Wenn der Vater wieder kommt und dich so schmutzig findet, wird's was setzen."

"Netter, kleiner Bursch!" sagte Holmes diplomatisch. "Was für ein lieber rotbäckiger Schelm! Sag' mal Jack, was soll ich dir schenken!"

Der Junge sann einen Augenblick nach.

"'nen Schilling," sagte er.

"Giebt es nichts, was du noch lieber haben möchtest?"

"Doch, zwei Schillinge," rief der kleine Thunichtgut rasch.

"Nun gut. Paß' auf und fang' einmal! – Ein hübsches Kind, Frau Smith."

"Jawohl, Herr, und groß und stark für sein Alter. – Er läßt sich kaum mehr regieren, besonders wenn mein Mann den ganzen Tag über fort ist."

"Ist er fort?" sagte Holmes mit enttäuschtem Ton. "Das thut mir leid, ich wollte ihn sprechen."

"Seit gestern früh schon ist er fort, Herr, und ich fange wahrhaftig an Angst zu bekommen, weil er so lange bleibt. – Wenn es aber wegen eines Bootes ist, könnte ich Sie vielleicht auch bedienen."

"Ich möchte sein Dampfboot mieten."

"Ach, Herr, im Dampfboot ist er ja gerade fort. Das macht mich so stutzig, denn ich weiß, es hat nicht genug Kohlen bis nach Woolwich und wieder zurück. Hätte er die Barke genommen, dann wäre es ein ander Ding. Die hat ihn schon oft in Geschäften bis nach Gravesend gebracht, und wenn's dann dort viel zu schaffen gab, ist er wohl über Nacht geblieben. Aber was nützt ihn ein Dampfboot ohne Kohlen?"

"Vielleicht hat er auf einer Werft unten am Fluß Kohlen gekauft?"

"Möglich; aber das sähe ihm nicht gleich. Er schimpft ja immer über das Heidengeld, das sie verlangen, wenn man nur ein paar Säcke kauft. Auch traue ich dem Stelzfuß nicht recht mit seinem häßlichen Gesicht und dem ausländischen Geschwätz. Was der nur mit meinem Alten zu schaffen haben mag!"

"Ein Stelzfuß?" – sagte Holmes und machte große Augen.

"Ja, Herr, ein brauner Bursch mit einem Affengesicht, der mehr als einmal hier nach meinem Alten gefragt hat. Letzte Nacht hat er ihn herausgeklopft; mein Mann muß wohl gewußt haben, daß er kommen würde, denn er hatte Dampf im Boot. Ich sage Ihnen gerade heraus, Herr, die Sache ist mir nicht geheuer."

"Aber liebe Frau Smith," sagte Holmes, die Achseln zuckend, "Sie beunruhigen sich ohne alle Not. Wie können Sie denn wissen, daß es der Stelzfuß war, der bei Nacht kam? Ich verstehe nicht, wie Sie das mit solcher Bestimmtheit annehmen können."

"Seine Stimme, Herr, die erkannte ich gleich. Sie klingt so rauh und verschleiert. Er klopfte an die Scheiben – es kann um drei Uhr gewesen sein. ›Steh' auf, Kamerad,‹ rief er, ›'s ist Zeit, auf Wache zu ziehen.‹ Mein Alter weckte den Jim – das ist mein Aeltester – und fort gingen sie, ohne mir auch nur ein Wort zu sagen. Ich konnte den hölzernen Stumpf auf den Steinen klappern hören."

"War denn der Stelzfuß allein?"

"Das kann ich wirklich nicht sagen, Herr. Ich habe niemand sonst gehört."

"Es thut mir leid, Frau Smith, ich hätte gern ein Dampfboot gehabt und die Leute loben Ihr Fahrzeug – wie heißt es doch?"

"Die ›Aurora‹, Herr."

"Richtig! – Das ist aber nicht das alte, grüne Boot mit den gelben Streifen, das so breit im Vorderteil ist?"

"Bewahre; ein so schmuckes, kleines Ding, als nur je eines auf dem Fluß war. Es ist frisch angestrichen, schwarz, mit zwei roten Streifen."

"Besten Dank, Frau Smith. Hoffentlich bekommen Sie bald Nachricht von Ihrem Mann. Ich gehe gerade den Fluß hinunter und wenn ich etwas von der ›Aurora‹ sehen sollte, will ich ihn wissen lassen, daß Sie in Sorge sind. Ein schwarzer Dampfschlot, sagten Sie?" –

"Nein, Herr. Schwarz mit einem weißen Rundstreifen."

"Ja, ja, natürlich. Es waren die Bootseiten, die schwarz sind. Guten Morgen, Frau Smith. – Jetzt wollen wir uns dort in der Fähre übersetzen lassen, Watson, der Bootsmann wartet eben." – Wir nahmen auf der Bank der Fähre Platz. "Die Hauptsache bei Leuten der Art," sagte Holmes, "ist, sie niemals merken zu lassen, daß ihre Mitteilungen von irgend welcher Wichtigkeit für uns sind. Sobald sie das denken, sind sie augenblicklich stumm wie eine Auster. Wenn man ihnen dagegen gleichsam widerwillig zuhört, erfährt man meist alles, was man zu wissen wünscht."

"Unser Kurs scheint jetzt ziemlich klar," sagte ich.

"Nun, was würden Sie denn zuerst thun?"

"Ich würde ein Boot mieten und der ›Aurora‹ nachfahren, den Fluß hinunter."

"Lieber Freund, das wäre eine Riesenaufgabe. Das Dampfboot kann auf jeder beliebigen Werft an der einen oder andern Seite des Stromes, zwischen hier und Greenwich, angelegt haben. Jenseits der Brücke ist meilenlang ein vollständiges Labyrinth von Landungsplätzen. Diese sämtlich zu durchforschen, würde uns Tage und Tage kosten, wenn wir es allein unternehmen."

"So wenden Sie sich an die Polizei!"

"Nein. Ich werde Athelney Jones wahrscheinlich erst im letzten Augenblick herbeirufen. Er ist kein schlechter Bursch, und ich möchte nichts thun, was ihm in seinem Beruf zum Schaden gereichen kann. Aber ich habe mir in den Kopf gesetzt, ohne ihn fertig zu werden, nun wir es einmal so weit gebracht haben."

"Vielleicht sollten wir eine Anzeige einrücken und uns von den Werftmeistern Nachricht erbitten."

"Das wäre höchst verfehlt! Unsere Leute wüßten gleich, daß die Jagd ihnen dicht auf den Fersen ist und würden auf und davon gehen, wahrscheinlich außer Landes. So lange sie sich noch sicher wähnen, haben sie wenigstens keine Eile. Mit Rücksicht hierauf kommt uns Jones' Vorgehen sehr zu statten; ein Bericht seiner Thaten dringt sicherlich in die Zeitungen und die Flüchtlinge werden daraus entnehmen, daß die Polizei sehr geschäftig ist – auf der falschen Fährte."

"Was fangen wir denn aber jetzt an?" fragte ich, als wir bei Millbank landeten.

"Wir nehmen am besten eine Droschke, fahren nach Hause, lassen uns ein Frühstück geben und schlafen ein paar Stunden. Es ist sehr möglich, daß wir gegen Abend wieder auf den Beinen sein müssen. – Nach dem nächsten Telegraphenbureau, Kutscher! Toby wollen wir bei uns behalten; er kann uns vielleicht noch nützlich sein." –

Wir hielten vor dem Postamt in der Großen Petersstraße und Holmes gab seine Drahtbotschaft auf.

"An wen glauben Sie, daß ich telegraphiert habe?" fragte er, als wir die Fahrt fortsetzten.

"Wie soll ich das wissen!"

"Erinnern Sie sich an das Freiwilligenkorps aus der Bakerstraße, das mir in Jeffersohn Hopes Fall Polizeidienste leistete?"

"Das will ich meinen," rief ich lachend.

"Dies ist gerade eine Gelegenheit, bei der sich die Buben unschätzbar erweisen können. Mißlingt es ihnen, so habe ich noch andere Hilfsquellen; den Versuch mache ich jedenfalls. Das Telegramm ist an meinen kleinen, schmutzigen Leutnant Wiggins abgegangen, und ich erwarte, daß er mit seiner Truppe vor uns erscheinen wird, ehe wir noch mit dem Frühstück fertig sind."

Es war jetzt zwischen acht und neun Uhr und ich fühlte mich nach den mannigfachen Aufregungen geistig und körperlich müde und abgespannt. Ich konnte den Fall weder als reine Verstandesaufgabe betrachten, noch mich leidenschaftlich dafür begeistern, wie mein Gefährte. Von Bartholomäus Scholto hatte ich so wenig Gutes gehört, daß mir seine Mörder keinen allzugroßen Abscheu einflößten. Die Wiedererlangung des Schatzes freilich erschien auch mir von Wichtigkeit. Ein Teil desselben kam ohne Frage Fräulein Morstan zu, und ich war bereit, alles daran zu setzen, damit sie ihr Recht erlange. Zwar wenn ich ihn fand, so hob sein Besitz sie wahrscheinlich für immer aus meinem Bereich, aber das müßte eine kleinliche und selbstsüchtige Liebe sein, die sich durch solche Gedanken beeinflussen ließe. Wenn Holmes keine Anstrengung scheute, um die Verbrecher zu finden, so hatte ich einen noch zehnfach stärkeren Antrieb, den Schatz zu entdecken. Nachdem ich zu Hause ein Bad genommen und mich völlig umgekleidet hatte, fühlte ich mich wunderbar erfrischt. In unserm Wohnzimmer fand ich das Frühstück bereit und Holmes schenkte den Kaffee ein.

"Da haben Sie's," sagte er lachend und deutete auf einen Zeitungsartikel; "der energische Jones und der allweise Berichterstatter machen den Fall schon unter sich zurecht. Aber Sie haben die Geschichte gewiß satt, Watson. Besser, Sie essen erst Ihren Schinken und Ihre Eier."

Ich nahm das Blatt und las den kurzen Artikel, dessen Ueberschrift lautete:

Geheimnisvolle Begebenheit in Ober-Norwood.

"Wie uns der Standard meldet, wurde letzte Nacht gegen zwölf Uhr Herr Bartholomäus Scholto von Pondicherry-Lodge in seinem Zimmer tot aufgefunden, und zwar unter Umständen, welche auf ein Verbrechen schließen lassen. Zwar fanden sich keine Spuren einer Gewaltthat an Herrn Scholtos Person, aber eine wertvolle Sammlung indischer Edelsteine, welche der Verstorbene von seinem Vater geerbt hatte, ist verschwunden. Die Entdeckung wurde zuerst von den Herren Sherlock Holmes und Dr. Watson gemacht, welche mit Thaddäus Scholto, dem Bruder des Verstorbenen ins Haus gekommen waren. Ein besonderer Glücksfall wollte, daß Athelney Jones, das wohlbekannte Mitglied der Geheimpolizei, schon eine halbe Stunde nach dem ersten Alarm an Ort und Stelle sein konnte. Bei seiner vorzüglichen Befähigung und großen Erfahrung kam er bald den Verbrechern auf die Spur, und wir hören, daß bereits der Bruder, Thaddäus Scholto, die Wirtschafterin, Frau Bernstone, ein indischer Hausmeister Namens Lal Rao und der Pförtner, Mc. Murdo in Gewahrsam gebracht worden sind. Die Diebe mußten mit der Einrichtung des Hauses genau bekannt sein; denn sie sind, wie Herrn Jones' scharfsinnige Untersuchung feststellte, weder durch die Thür, noch durch das Fenster hereingekommen, sondern über das Dach, von wo aus sie durch eine Fallthür in einen Raum gelangten, der mit dem Zimmer, in welchem die Leiche gefunden wurde, in Verbindung steht. Aus dieser Thatsache ergiebt sich klar, daß der Einbruch kein unvorbereiteter gewesen ist. Dem sofortigen und thatkräftigen Eingreifen der Beamten des Gesetzes gebührt das größte Lob. Die glänzenden Eigenschaften unserer

Geheimpolizei haben sich bei dieser Gelegenheit einmal wieder trefflich bewährt."

"Ist es nicht wundervoll?" sagte Holmes über seine Kaffeetasse hinweg.

"Ich denke, wir können von Glück sagen, daß wir nicht selbst als Verbrecher festgenommen sind."

"Ohne Zweifel. Auch stehe ich noch gar nicht für unsere Sicherheit. Jones könnte leicht einen neuen Anfall von Energie haben."

In diesem Augenblick wurde heftig an der Hausglocke gezogen und gleich darauf hörten wir Frau Hudson, unsere Wirtin, laut klagen und schelten.

"Wahrhaftig, Holmes," rief ich, mich erhebend, "ich glaube, sie sind schon hinter uns her."

"Nein, so schlimm ist es nicht. Es sind nur meine Hilfstruppen: das Freikorps aus der Bakerstraße."

Während er noch sprach, hörte man ein hastiges Trampeln nackter Füße auf den Treppenstufen, ein Durcheinanderschreien hoher Stimmen und herein platzten ein Dutzend schmutziger und zerlumpter kleiner Gassenbuben. Nicht ohne einen gewissen Anstrich von Disziplin, trotz ihres stürmischen Eintritts, stellten sie sich augenblicklich mit erwartungsvollen Gesichtern vor uns in Reih und Glied auf. Einer aus ihrer Zahl, der etwas größer und älter war als die übrigen, trat mit einer überlegenen, selbstbewußten Miene vor, die dem unansehnlichen, kleinen Wicht höchst komisch stand.

"Hab' Ihre Botschaft bekommen, Herr, und hab' die Jungens gleich stramm zusammengebracht. Auslage für Fahrkarten wie gewöhnlich."

"Schon recht, Wiggins," sagte Holmes und holte etwas Silbergeld aus der Tasche.

"Künftighin können sie dir Bericht erstatten und du mir. Ihr braucht nicht auf das Haus Sturm zu laufen. Diesmal ist es aber gut, daß ihr alle die Instruktion mit anhört. Ihr sollt ausfindig machen, wo ein Dampfboot, genannt die ›Aurora‹ hingeraten ist, dessen Eigentümer Mordecai Smith heißt. Es ist schwarz mit zwei roten Streifen; der Dampfschlot, schwarz mit weißem Reif ringsum. Einer von euch Jungens muß an Mordecai Smiths Landungsplatz bleiben, Millbank gegenüber, um zu sehen ob das Boot zurückkommt. Ihr andern geht den Fluß hinunter und durchsucht beide Ufer gründlich. Sobald ihr etwas wißt, meldet ihr mir's. Habt ihr alles richtig verstanden?"

"Jawohl," sagte Wiggins.

"Was den Lohn betrifft – der alte Satz, – und eine Guinee dem Jungen, der das Boot entdeckt. Da habt ihr einen Taglohn im voraus. Nun fort mit euch!" Er gab jedem einen Schilling und sie stürmten die Treppe hinunter. Im nächsten Augenblick sahen wir sie schon auf der Straße rennen.

"Wenn das Boot über Wasser ist, so werden sie es finden," sagte Holmes, indem er vom Tische aufstand und seine Pfeife anzündete. Sie kommen überall hin, wo es etwas zu sehen und zu hören giebt, und wir brauchen nur den Erfolg abzuwarten. Erst wenn wir entweder die ›Aurora‹ oder Mordecai Smith entdeckt haben, können wir unsere Forschungen wieder aufnehmen."

"Die Reste hier werden Toby gut schmecken, denke ich. – Gehen Sie jetzt zu Bett, Holmes?"

"Nein, ich bin nicht schläfrig. Ich habe eine sonderbare Konstitution. Ich erinnere mich nicht, bei der Arbeit je müde geworden zu sein; nur das Nichtsthun erschöpft mich vollständig. Ich werde noch bei meiner Pfeife über dies seltsame Geschäft nachdenken, das ich meiner schönen Klientin verdanke. Mir scheint, die Lösung unserer Aufgabe sollte ein Kinderspiel sein. Männer mit hölzernen Beinen sind doch nicht so gewöhnlich, und den andern Mann halte ich für vollkommen einzig in seiner Art."

"Wieder der andere Mann!"

"O, Ihnen gegenüber will ich gar kein Geheimnis aus seiner Person machen. Sie hätten übrigens schon längst von selbst darauf kommen können. Rufen Sie sich doch einmal alle Einzelheiten ins Gedächtnis. Winzig kleine Fußspuren, Zehen, die niemals in einen Stiefel gepreßt wurden, nackte Füße, ein hölzerner Knüttel mit Steingriff, ungewöhnliche Gewandtheit, kleine vergiftete Dornen. Was läßt sich aus dem allem zusammensetzen?"

"Ein Wilder!" rief ich aus. "Vielleicht einer von den Hindus, welche die Genossen Jonathan Smalls waren."

"Kaum," sagte er. "Als ich die fremdartige Waffe sah, war ich auch zuerst geneigt, das zu denken; aber die merkwürdige Form der Fußstapfen belehrte mich eines Bessern. Es giebt zwar kleine Leute unter den Bewohnern der indischen Halbinsel, aber keiner von ihnen hätte diese Spuren hinterlassen können. Der eingeborene Hindu hat lange, schmale Füße. Bei den sandalentragenden Muhamedanern ist die große Zehe vollständig von den andern

73

getrennt, weil der Riemen gewöhnlich dazwischen durchgezogen ist. Die kleinen Bolzen aber lassen sich nur auf eine einzige Weise abschießen, nämlich durch ein Blasrohr. Nun also, wo wird unser Wilder zu suchen sein?"

"In Süd-Amerika," schlug ich vor. Er streckte die Hand aus und nahm einen dicken Band vom Bücherbrett herunter.

"Dies ist der erste Band einer Völkerkunde, welche soeben erscheint und als neueste Autorität angesehen wird. – Was steht nun hier? – ›Die Andamanen, eine Inselgruppe, 340 Meilen nördlich von Sumatra, in der Bai von Bengalen gelegen.‹ – Hm! Hm! – Feuchtes Klima, Korallenriffe, Haifische, Port Blair, Sträflings-Baracken, Insel Rutland, Baumwollenwälder. – A, da haben wir's. – ›Die Eingeborenen der Andamanen werden von den meisten Anthropologen für die kleinste Menschenrasse auf unserer Erde gehalten. Ihre Durchschnittshöhe ist vier Fuß, doch giebt es viele Erwachsene, die bedeutend kleiner sind. Es ist ein wilder, grimmiger, widerspenstiger Volksstamm; doch sind sie, wenn ihr Vertrauen einmal gewonnen ist, auch einer hingebenden Freundschaft fähig.‹ Merken Sie sich das, Watson, nun hören Sie weiter: ›Sie sind von Natur abschreckend häßlich, haben unförmige Köpfe, kleine funkelnde Augen, verzerrte Gesichtszüge. Auch ihre Füße und Hände sind merkwürdig klein. Sie sind so störrig und unlenksam, daß alle Bemühungen der britischen Beamten, sie auch nur im geringsten zu ihren Gunsten zu stimmen, fehlgeschlagen sind. Für die Mannschaft gestrandeter Schiffe sind sie von jeher ein Schrecken gewesen, da sie den Ueberlebenden mit ihren Steinknütteln den Schädel einschlagen oder sie mit ihren vergifteten Pfeilen erschießen. Dergleichen Metzeleien werden dann regelmäßig mit einem kannibalischen Fest beschlossen.‹ Ein nettes, liebenswürdiges Volk, Watson! Was? Wenn dieser Kerl ganz nach eigenem Gutdünken hätte handeln können, würde die Geschichte noch eine viel gräßlichere Wendung genommen haben. Ich denke, daß selbst wie die Sachen jetzt liegen, Jonathan Small viel darum gäbe, wenn er seine Hilfe nicht in Anspruch genommen hätte."

"Wie mag er nur zu dem absonderlichen Gefährten gekommen sein?"

"Darüber weiß ich nichts. Da Small jedoch von den Andamanen kommt, so ist es gerade kein Wunder, daß dieser Insulaner ihn begleitet. Aber Watson, Sie sehen aus, als wären Sie halbtot vor Müdigkeit. Legen Sie sich aufs Sofa und ich will versuchen, Sie einzuschläfern."

Er nahm seine Violine aus der Ecke und fing an, während ich mich behaglich ausstreckte, eine leise, träumerische Melodie zu spielen – ohne Zweifel nach eigener Eingebung, denn er besaß eine ungewöhnliche Gabe zu phantasieren. Zuerst sah ich noch seine hagern Gliedmaßen, sein ernstes Gesicht und das Auf- und Niedergleiten seines Bogens; dann schien ich dahinzuschweben auf sanften Tonwellen, bis ich im Traumlande ankam, wo Mary Morstans liebes Gesicht auf mich hernieder blickte.

NEUNTES KAPITEL.
UNWILLKOMMENER STILLSTAND

Erst spät am Nachmittag erwachte ich, neu gestärkt und erfrischt. Sherlock Holmes saß noch immer auf demselben Platze; er hatte jedoch die Violine beiseite gelegt und sich in ein Buch vertieft. Als ich eine Bewegung machte, sah er auf; seine Miene war düster und unruhig.

"Wie fest Sie geschlafen haben," sagte er, "ich fürchtete schon, unsere Stimmen würden Sie wecken."

"Ich habe nichts gehört. Sind neue Nachrichten gekommen?"

"Leider nein. Ich erwartete um diese Zeit schon Bestimmtes und bin sehr enttäuscht. Wiggins war eben hier um Bericht abzustatten. Er sagt, daß keine Spur von dem Boot zu finden sei. Mich ärgert dies Hindernis um so mehr, als jede Stunde von Wichtigkeit ist."

"Könnte ich nichts thun? Ich bin jetzt vollkommen ausgeruht und bereit zu jeder nächtlichen Unternehmung."

"Nein, uns bleibt nichts übrig als zu warten. Wenn wir das Haus verlassen, könnte die Botschaft in unserer Abwesenheit einlaufen und eine Verzögerung entstehen. Thun Sie, was Sie wollen, aber *ich* muß auf Wache bleiben."

"Dann möchte ich in Camberwell Frau Cäcilie Forrester besuchen. Sie bat gestern darum."

"Frau Forrester?" fragte Holmes, mit bedeutsamem Lächeln.

"Je nun, natürlich auch Fräulein Morstan. Die Damen waren auf den weiteren Verlauf der Sache gespannt."

"Erzählen Sie ihnen nur nicht zu viel," sagte Holmes. "Auf eine Frau darf man sich niemals verlassen – selbst auf die beste nicht."

Ich nahm mir nicht die Zeit, dieser abscheulichen Ansicht zu widersprechen.

"In ein bis zwei Stunden bin ich wieder da," rief ich.

"Ganz recht! Viel Vergnügen. Aber halt, wenn Sie so wie so auf die andere Seite des Flusses gehen, könnten Sie wohl den Toby zurückbringen. Höchst wahrscheinlich werden wir ihn nicht mehr brauchen."

So nahm ich denn unsern Köter mit und lieferte ihn unter Beifügung einer halben Guinee an den alten Sherman in der Pinchinstraße ab. In Camberwell fand ich Fräulein Morstan etwas angegriffen von den Abenteuern der verflossenen Nacht, aber sehr begierig, die neuen Nachrichten zu hören. Ich erzählte den Damen alles, was wir gethan, behielt jedoch die schrecklichsten Einzelheiten für mich. So erwähnte ich zwar Scholtos Tod, aber nicht die genaue Art und Weise, wie derselbe erfolgt war. Immerhin blieb noch genug des Seltsamen, um sie in Staunen und Verwunderung zu setzen.

"Ein vollkommener Roman," rief Frau Forrester. "Eine um ihr Recht betrogene Dame, ein Schatz von einer halben Million, ein schwarzer Kannibale und ein Spitzbube mit einem hölzernen Bein. Die Beiden letzteren vertreten die Stelle des feurigen Drachens oder des schlimmen Grafen."

"Und zwei fahrende Ritter als Befreier," fügte Fräulein Morstan hinzu, indem sie mir freundlich zulächelte.

"Aber Mary, wie können Sie nur so ruhig sein? Ihr ganzes Geschick hängt ja von dem glücklichen Ausgang der Sache ab. Stellen Sie sich nur vor, was es heißt, reich zu sein und die Welt zu seinen Füßen zu haben!" –

Mit innerlicher Freude nahm ich wahr, daß diese verlockende Aussicht sie keineswegs aus ihrer Ruhe brachte. Sie warf nur ihren edlen Kopf zurück, als handle es sich um etwas, woran sie wenig Interesse habe.

"Ich mache mir nur Sorge um Thaddäus Scholto," sagte sie, "um weiter nichts. Er hat sich von Anfang an sehr gütig und ehrenhaft benommen, und mir scheint es unsere Pflicht, ihn von der völlig grundlosen, schrecklichen Anklage zu befreien."

Erst gegen Abend verließ ich Camberwell, und es war ganz dunkel, als ich unser Haus erreichte. Buch und Pfeife meines Gefährten lagen neben seinem Stuhl, aber er selbst war verschwunden.

"Herr Holmes ist wohl ausgegangen?" fragte ich Frau Hudson, welche kam um die Läden zu schließen.

"Nein, Herr Doktor, er ist in seinem Zimmer. Wissen Sie," fuhr sie mit gedämpfter Stimme fort, "ich bin recht besorgt um ihn."

"Weshalb denn?"

"Ja, Herr Doktor, er ist so sonderbar. Als Sie weg waren, ist er immerfort auf- und abgegangen, bis mir's ganz wirr im Kopf war von den unaufhörlichen Tritten über mir. Dann hörte ich ihn mit sich selbst sprechen, und so oft die Glocke ging, war er draußen an der Treppe und rief: ›Was giebt's, Frau Hudson?‹ Jetzt ist er in seinem Zimmer und hat die Thüre ins Schloß geworfen, aber ich kann ihn wieder ebenso auf- und abstampfen hören. Wenn er nur nicht krank wird, Herr Doktor. Ich wollte etwas von einem niederschlagenden Mittel sagen, aber da hat er mich mit einem Blick angesehen, daß ich gar nicht weiß, wie ich nur aus dem Zimmer gekommen bin."

"Sie beunruhigen sich ohne Ursache, Frau Hudson," antwortete ich. "Ich habe ihn schon öfters so gesehen. Er hat jetzt gerade eine Angelegenheit im Kopfe, die ihn ruhelos macht."

Ich versuchte, unserer guten Wirtin gegenüber sorglos zu erscheinen, aber mir selbst war unbehaglich zu Mute, wenn ich die lange Nacht hindurch von Zeit zu Zeit den dumpfen Ton seines Schrittes hörte. Ich wußte nur zu gut, wie sehr sein lebhafter Geist sich gegen diese gezwungene Unthätigkeit empörte.

Beim Frühstück sah er abgearbeitet aus, ein kleiner Fleck auf seiner Wange glühte in fieberhafter Röte.

"Sie richten sich zu Grunde, Freund," bemerkte ich. "Auch in der Nacht haben Sie sich keine Ruhe gegönnt."

"Ich konnte nicht schlafen. Dies verdammte Rätsel zehrt an mir. Es ist zu toll, durch ein so jämmerliches Hindernis gehemmt zu werden, wenn alles andere schon überwunden war. Ich kenne die Leute, kenne das Boot, weiß alles und kann doch keine Nachricht bekommen. Ich habe noch andere Kräfte in Bewegung gesetzt, habe alle Mittel gebraucht, die mir zu Gebote standen. Der ganze Fluß ist auf beiden Seiten abgesucht worden – aber umsonst; auch Frau Smith hat nichts von ihrem Manne gehört. Ich werde bald zu dem Schluß kommen, daß sie das Fahrzeug angebohrt und versenkt haben. Aber auch diese Annahme ist nicht stichhaltig."

"Oder, daß Frau Smith uns auf eine falsche Fährte gewiesen hat?"

"Nein, ich denke, das brauchen wir nicht in Betracht zu ziehen. Es giebt wirklich ein Dampfboot, das ihrer Beschreibung entspricht, soviel habe ich ermittelt."

"Kann es etwa flußaufwärts gegangen sein?"

"Auch diese Möglichkeit habe ich ins Auge gefaßt und meine Boten zur Nachforschung bis nach Richmond geschickt. Wenn heute keine Kunde einläuft, breche ich morgen selbst auf und suche nach den Männern, statt nach dem Boot. Aber hoffentlich erhalten wir noch zuvor Nachricht."

Es blieb indessen alles still. Weder durch Wiggins, noch von anderer Seite erfuhren wir das geringste. In den Zeitungen wurde das Trauerspiel von Norwood viel besprochen. Die meisten Artikel schienen dem unglücklichen Thaddäus Scholto feindlich gesinnt. Etwas Neues erfuhren wir jedoch daraus nicht, außer, daß am nächsten Tage eine Gerichtsverhandlung stattfinden werde. Abends ging ich nach Camberwell, um die Damen von unserem Mißerfolg zu unterrichten und fand bei meiner Rückkehr Holmes mürrisch und niedergeschlagen. Er war sehr wortkarg und beschäftigte sich mit einer schwierigen chemischen Analyse. Nach vielem Erhitzen von Retorten und Destillieren von Dämpfen entwickelte sich endlich ein Geruch, der mich aus dem Zimmer trieb. Bis zu den frühen Morgenstunden konnte ich ihn unter seinen Kolben und Flaschen hantieren hören; offenbar machte er sich noch immer mit seinem übelriechenden Experiment zu schaffen.

Bei Tagesanbruch erwachte ich plötzlich und sah zu meiner Verwunderung Holmes in Matrosenkleidung vor meinem Bette stehen. Er trug eine derbe, wollene Jacke und einen groben, roten Shawl um den Hals.

"Ich gehe den Fluß hinunter, Watson. Ich habe es hin und her überlegt und finde keinen anderen Ausweg. Jedenfalls muß der Versuch gemacht werden."

"So kann ich doch mit Ihnen kommen?" sagte ich.

"Nein. Sie nützen mir viel mehr, wenn Sie hier bleiben, als mein Stellvertreter. Ich gehe sehr ungern, denn es ist durchaus nicht unmöglich, daß im Lauf des Tages eine Botschaft kommt, obgleich Wiggins gestern abend so entmutigt war. Ich bitte Sie, alle Zuschriften und Telegramme zu öffnen und nach Ihrer Einsicht zu handeln, wenn irgend etwas Neues einläuft. Kann ich mich auf Sie verlassen?"

"Versteht sich."

"Ich fürchte, es wird nicht angehen, daß Sie mir schreiben, da ich selber nicht sagen kann, wohin. Wenn ich Glück habe, bleibe ich vielleicht nicht lange aus. Irgend etwas *muß* ich ermitteln, ehe ich zurückkomme."

Bis zur Frühstücksstunde hatte ich noch nichts von ihm gehört. Im Standard fand ich indessen einen neuen Artikel über die Angelegenheit, welcher lautete:

"Das Trauerspiel von Norwood scheint sich viel verwickelter und geheimnisvoller zu gestalten, als wir ursprünglich glaubten. Neuere Zeugnisse haben bewiesen, daß Thaddäus Scholto ganz unbeteiligt an der Sache ist. Er sowohl als die Haushälterin, Frau Bernstone, sind gestern abend aus der Haft entlassen worden. Die Polizei soll jedoch den wirklichen Verbrechern auf der Spur sein. Athelney Jones von Scotland Yard verfolgt dieselben mit seinem bekannten Eifer und Scharfsinn. Weitere Gefangennahmen werden jeden Augenblick erwartet."

"Also Freund Scholto ist jedenfalls in Sicherheit," dachte ich, "das ist ja höchst befriedigend. Ich bin begierig, was es mit der neuen Spur auf sich hat; fast scheint mir dies die hergebrachte Redensart, so oft die Polizei eine Dummheit begeht. Eben wollte ich die Zeitung beiseite legen, als mein Auge auf folgende Anzeige fiel:

" *Vermißt*: Der Bootsmann Mordecai Smith und sein Sohn Jim verließen vorigen Dienstag, ungefähr um drei Uhr morgens, Smiths Werft in dem Dampfboot ›Aurora‹, schwarz, mit zwei roten Streifen; Schlot schwarz, mit weißem Rundreif. Wer über das Verbleiben des besagten Mordecai Smith und der Aurora Nachricht bringen kann, entweder an Frau Smith selbst oder nach der Bakerstraße 221 b, erhält die Summe von fünf Pfund Sterling ausgezahlt."

Das hatte offenbar Holmes einrücken lassen; die Adresse in der Bakerstraße bewies das zur Genüge. Die Maßregel schien mir sehr sinnreich, denn die Flüchtlinge konnten die Anzeige lesen, ohne mehr darin zu sehen, als die natürliche Angst einer Frau um ihren verschwundenen Mann.

Der Tag wurde mir sehr lang. So oft es an der Thür klopfte oder ein eiliger Schritt die Straße entlang kam, dachte ich, es müsse entweder Holmes selbst oder eine Antwort auf seine Anzeige sein. Ich versuchte zu lesen, aber meine Gedanken schweiften immer wieder ab. Beruhte nicht vielleicht die ganze Schlußfolgerung meines Gefährten auf einem Irrtum? Konnte er nicht in einer großen Selbsttäuschung befangen sein und seine Theorie auf falscher Grundlage aufgebaut haben? Die schärfsten Verstandesmenschen täuschen sich ja zuweilen, gerade weil sie die einfachere Lösung eines Rätsels verschmähend, nach schwierigen und verwickelten Erklärungen suchen.

Am Nachmittag gegen drei Uhr wurde stark an der Glocke gezogen. Im Hausflur ward eine befehlende Stimme laut und zu meiner großen Ueberraschung trat niemand Geringeres als Athelney Jones zu mir ins Zimmer. Sein Gesichtsausdruck war niedergeschlagen und seine Haltung gedrückt; ja fast demütig.

"Guten Tag, Herr Doktor," sagte er. "Holmes ist nicht zu Hause, wie ich höre?"

"Nein, auch weiß ich nicht, wann er zurück sein wird. Aber vielleicht möchten Sie ihn erwarten. Bitte, setzen Sie sich und versuchen Sie eine von diesen Zigarren."

"Danke, das will ich thun," sagte er, sich die Stirne mit einem rotseidenen Taschentuch trocknend.

"Vielleicht ist Ihnen ein Glas Whisky mit Sodawasser gefällig?"

"Ein halbes Glas, wenn ich bitten darf. Man braucht eine Erquickung, wenn man sich bei der Hitze so quälen und abplagen muß, wie ich. – Erinnern Sie sich noch an meine Auffassung des Norwood-Falles?"

"Jawohl, Sie haben uns ja Ihre Theorie auseinandergesetzt."

"Leider habe ich mich genötigt gesehen, sie von neuem in Ueberlegung zu ziehen. Ich hatte mein Netz fest um Herrn Scholto gesponnen, als er mir plötzlich durch die Maschen ging. Er konnte ein Alibi beweisen. Von der Zeit an, daß er seines Bruders Zimmer verließ, hatten verschiedene Zeugen ihn nicht aus den Augen verloren. So konnte er es nicht gewesen sein, der über Dächer und durch Fallthüren geklettert war. Es ist ein sehr dunkler Fall und mein Ruf steht auf dem Spiele; da würde ich es nicht ungern sehen, wenn mir jemand ein wenig zu Hilfe käme."

"Und wer wäre dieser Jemand?"

"Ihr Freund, Sherlock Holmes, ist ein wunderbarer Mann," fuhr er mit seiner heiseren Stimme vertraulich fort. "Ihm thut es keiner gleich. Ueber jeden Fall, den er untersucht, weiß er Licht zu verbreiten. Seine Methode ist nicht regelrecht und sein Urteil etwas zu rasch, aber im ganzen hatte er, glaube ich, einen tüchtigen Beamten abgeben können – das sage ich jedem, der es hören will. Heute früh habe ich ein Telegramm von ihm erhalten. Er scheint in der Scholto-Angelegenheit eine Fährte gefunden zu haben. Hier ist die Depesche."

Sie war in Poplar um zwölf Uhr aufgegeben und lautete:

"Gehen Sie sogleich nach der Bakerstraße; wenn ich nicht da bin, erwarten Sie mich. Bin den Scholto-Räubern auf der Spur. Sie können uns heute nacht begleiten, wenn Sie den Fang mitmachen wollen."

"Das klingt gut. Er ist offenbar wieder im rechten Fahrwasser," sagte ich.

"Also hatte er auch die Richtung Verloren," rief Jones mit sichtlicher Befriedigung. "Ja, ja, selbst die Besten werden zuweilen aus dem Sattel geworfen. Möglich, daß auch dies wieder nur ein blinder Lärm ist; aber meine Pflicht als Polizeibeamter zwingt mich, keine Gelegenheit zu versäumen. – Doch, da kommt jemand herauf. Vielleicht ist er's selbst."

Man hörte einen schweren Tritt auf der Treppe und ein starkes Schnaufen und Keuchen, wie von jemand, dem das Atemholen recht sauer fällt. Ein- oder zweimal blieb er stehen, als könne er nicht weiter. Endlich aber hatte er die Thüre erreicht und trat ein. Es war ein alter Mann in Matrosentracht. Die dicke Wolljacke trug er am Halse fest zugeknüpft; sein Rücken war gekrümmt, seine Kniee zitterten. Auf den Knotenstock gestützt, stand er da und rang nach Atem, wobei sich ihm die Schultern vor Anstrengung hoben. Der bunte Shawl, den er um Hals und Kinn gewickelt hatte, verbarg sein Gesicht, so, daß wenig mehr davon zu sehen war, als ein paar scharfe, dunkle Augen, die unter buschigen, weißen Brauen hervorblickten, und ein langer, weißer Backenbart. Im Ganzen machte er den Eindruck eines wackern, alten Seemannes, der in Armut geraten war.

"Was wollt Ihr, mein Freund," fragte ich. Er schaute sich langsam und bedächtig um.

"Ist Herr Sherlock Holmes zu Hause?"

"Nein, aber ich bin sein Stellvertreter und werde jede Botschaft ausrichten, die Ihr für ihn habt."

"Ihm selbst habe ich sie zu bestellen."

"Aber ich sage Euch ja, daß ich ihn vertrete. Bezieht es sich auf Mordecai Smiths Boot?"

"Ja. Ich weiß just, wo es liegt. Ich weiß auch, wo die Kerls sind, hinter denen er her ist. Und ich weiß, wo der Schatz ist. Ich weiß alles."

"Dann sagt es mir, und ich will's ihn wissen lassen."

"Ich muß es ihm selbst bestellen," wiederholte er mit dem trotzigen Eigensinn alter Leute.

"Gut denn, so müßt Ihr auf ihn warten."

"Warten? Ich soll wohl gar hier den ganzen Tag verlieren, irgend wem zuliebe! Wenn Herr Holmes nicht hier ist, so muß Herr Holmes eben alles allein herausfinden. Ich traue euch beiden nicht recht, und ich sage kein Wort."

Er schlürfte nach der Thür, aber Jones kam ihm zuvor.

"Wartet ein wenig, guter Freund," sagte er, "Ihr habt wichtige Nachrichten, und Ihr dürft nicht davon gehen. Wir werden Euch hier behalten, Ihr mögt wollen oder nicht, bis unser Freund heimkommt."

Der alte Mann nahm einen kleinen Anlauf nach der Thür, aber da Athelney Jones seinen breiten Rücken dagegen stemmte, erkannte er die Nutzlosigkeit jedes Widerstandes.

"Eine schöne Behandlung," schrie er, mit dem Stock auf den Boden stampfend. "Ich komme den Herrn zu besuchen, und ihr zwei, die ich in meinem Leben noch nicht gesehen habe, packt mich und verfahrt mit mir auf solche Manier."

"Es soll Euer Schaden nicht sein," sagte ich. "Wir werden Euch den Verlust Eurer Zeit vergüten. Setzt Euch dort auf das Sofa. Ihr werdet nicht lange zu warten brauchen."

Er kam verdrießlich zurück und setzte sich, den Kopf in die Hand stützend, während Jones und ich unsere Zigarren weiter rauchten und das Gespräch wieder aufnahmen. Plötzlich aber erscholl dicht neben uns Holmes' Stimme:

"Ihr könntet mir wohl auch eine Zigarre anbieten, sollte ich meinen."

Wir schreckten beide von unseren Stühlen auf. Da saß Holmes mit höchlich belustigter Miene, ruhig auf dem Sofa.

"Holmes!" rief ich aus. "Sie hier! Wo ist denn aber der alte Mann?"

"Hier ist der alte Mann," sagte er und hielt einen Haufen weißen Haares in die Höhe. "Hier ist er – Perücke, Bart, Augenbrauen und alles. Ich habe meine Maske wohl für ziemlich gut gehalten, doch dachte ich nicht, daß sie eine solche Probe bestehen könnte." "Ach, Sie Spaßvogel" rief Jones voll Ergötzen. "Was für einen Schauspieler würden Sie abgegeben haben! – Das war der richtige Greisenhusten, und diese zittrigen Beine sind allein zehn Pfund Sterling die Woche wert. Die blitzenden Augen kamen mir aber doch bekannt vor. Sie wären nicht so leichten Kaufes wieder von uns losgekommen, wie Sie sehen."

"Ich habe den ganzen Tag in diesem Aufzuge gearbeitet," sagte er, seine Zigarre anzündend. "Die Spitzbuben kennen mich jetzt schon zu gut, besonders, seitdem unser Freund hier sich einfallen ließ, meine Thaten im Druck zu verbreiten. Ich kann nur noch in irgend einer Verkleidung den Kriegspfad betreten. – Sie haben mein Telegramm erhalten?"

"Ja, deshalb bin ich hier."
"Nun, was für Fortschritte haben Sie denn gemacht?"
"Ganz und gar keine. Ich habe zwei Gefangene frei lassen müssen, und es giebt weder Zeugen noch Beweise gegen die andern zwei –"
"Lassen Sie's gut sein. Wir werden Ihnen bald zwei neue dafür liefern, wenn Sie sich meinen Anordnungen fügen wollen. Den Ruhm mögen Sie hernach meinetwegen davon tragen, aber Sie

müssen zu Werke gehen, wie ich es Ihnen vorschreibe. – Einverstanden?"

"Vollständig, wenn Sie mir nur die Kerle herbeischaffen."

"Gut denn. Erstens brauche ich ein schnelles Polizeidampfboot – das um sieben Uhr an der Westminster-Treppe sein muß."

"Das läßt sich leicht machen. Dort herum liegt immer eins; aber ich kann der Sicherheit wegen telephonieren."

"Ferner muß ich zwei stämmige Leute haben, für den Fall des Widerstandes."

"Zwei bis drei sollen im Boot sein. Was sonst noch?"

"Wenn wir die Männer festnehmen, werden wir auch den Schatz haben. Es würde meinem Freunde hier gewiß Vergnügen machen, den Kasten der jungen Dame zu bringen, welcher die Hälfte des Inhalts rechtmäßig zukommt. Sie soll die erste sein, die ihn öffnet – nicht wahr, Watson?"

"Es würde mir eine große Freude sein."

"Das ist nun freilich gegen alle Regel," sagte Jones kopfschüttelnd. "Aber die ganze Sache ist außer der Ordnung, und da werden wir wohl ein Auge zudrücken müssen. Nachher muß der Schatz natürlich dem Polizeiamt übergeben werden bis nach der gerichtlichen Untersuchung."

"Gewiß. Das läßt sich leicht machen. Mir liegt aber noch ein anderer Punkt am Herzen. Es würde mich besonders interessieren, die ganze Geschichte von Jonathan Smalls eigenen Lippen zu hören. Es ist meine Liebhaberei, wie Sie wissen, schwierige Kriminalfälle bis ins einzelne auszuarbeiten. Ich hoffe, man wird nichts dagegen einwenden, daß ich eine Privatunterredung mit ihm habe, entweder hier in meinem Zimmer oder sonst wo, wenn er nur ausreichend bewacht ist?"

"Je nun, Sie haben die Sache völlig in der Hand. Ich besitze noch nicht einmal einen Beweis von der Existenz dieses Jonathan Small. Wenn Sie ihn fangen können, wüßte ich nicht, wer Ihrer Unterredung mit ihm ein Hindernis in den Weg legen sollte."

"Darüber sind wir also einig?"

"Vollkommen. Wünschen Sie sonst noch etwas?"

"Nur, daß Sie mit uns speisen. In einer halben Stunde ist das Mittagessen bereit. Ich habe Austern und ein paar Birkhühner besorgt, auch eine feine Sorte Weißwein. – Sie sollen meinen wirtschaftlichen Talenten Ihre Anerkennung zollen, Watson."

ZEHNTES KAPITEL.
DAS ENDE DES INSULANERS.

Unser Mahl war ein sehr heiteres. Holmes befand sich in vortrefflicher Stimmung; ich habe ihn nie so glänzend in der Unterhaltung gesehen. Er sprach über die verschiedenartigsten Gegenstände – über Passionsspiele, mittelalterliche Töpferarbeit, berühmte Violinen, den Buddhismus von Ceylon und die Kriegsschiffe der Zukunft – so eingehend, als hätte er aus jedem ein spezielles Studium gemacht. Sein guter Humor bildete den größten Gegensatz zu der düstern Niedergeschlagenheit der vorhergehenden Tage. Jones erwies sich als liebenswürdiger Gesellschafter und genoß sein Mahl mit der Miene eines Feinschmeckers. Mich selbst erregte der Gedanke, daß wir uns dem Ende unserer Aufgabe näherten, auf das angenehmste, und ich ließ mich durch Holmes' Heiterkeit fortreißen. Keiner von uns machte auch nur eine Anspielung auf den Grund unseres Beisammenseins.

Als der Tisch abgeräumt war, sah Holmes nach der Uhr und füllte drei Gläser mit Portwein.

"Ein Glas auf das glückliche Gelingen unserer kleinen Expedition. Und nun ist es hohe Zeit, aufzubrechen. Haben Sie eine Pistole, Watson?"

"Nur den alten Revolver in meinem Pult."

"Nehmen Sie ihn ja mit. Es ist gut, auf alles vorbereitet zu sein. Die Droschke steht vor der Thür; ich habe sie auf halb sieben bestellt."

An der Westminster-Werft fanden wir das Boot schon für uns bereit; Holmes prüfte es mit kritischen Blicken.

"Woran läßt sich erkennen, daß dies ein Polizeiboot ist?" fragte er.

"An der grünen Lampe auf der Seite.

"Dann schaffen Sie sie fort."

Die kleine Veränderung war bald gemacht, wir bestiegen das Boot und die Seile wurden gelöst. Jones, Holmes und ich saßen auf dem Hinterdeck. Ein Mann war am Steuerruder, ein anderer bediente die Maschine und zwei stämmige Polizeibeamte standen auf dem Vorderteil.

"Wohin?" fragte Jones.

"Nach dem Tower. Sagt ihnen, daß sie gegenüber Jakobsons Werft halten."

Unser Fahrzeug war augenscheinlich ein sehr schnelles. Die langen Reihen beladener Kähne, an denen wir vorüberschossen, schienen uns still zu stehen. Holmes lächelte vor Zufriedenheit, als wir einen Flußdampfer überholten und hinter uns zurückließen.

"Wenn es so weiter geht, sollte uns, denke ich, nichts auf dem Flusse entgehen können," sagte er.

"Das meine ich auch, und es giebt gewiß nicht viele Boote, die es uns zuvor thun werden."

"Wir müssen es mit der ›Aurora‹ aufnehmen, die als ein Schnellsegler bekannt ist; das wird nicht leicht sein. Nun lassen Sie sich aber erzählen, wie es mir ergangen ist, Watson:

"Um mich von meinem Aerger über das Hindernis zu zerstreuen, das uns im Wege lag, hatte ich mich, wie Sie wissen, in eine chemische Analyse gestürzt. Einer unserer größten Staatsmänner sagt, daß ein Wechsel in der Arbeit die beste Ruhe ist. Und er hat recht. Nachdem mir das Experiment mit dem Kohlenwasserstoff gelungen war, kehrte ich zu unserm Scholto-Problem zurück und dachte die ganze Geschichte von neuem durch. Meine Jungen hatten stromaufwärts und -abwärts gesucht, ohne Erfolg. Das Boot war an keinem Landungsplatz, an keiner Werft, und war auch nicht zurückgekommen. Daß sie es versenkt haben sollten, hielt ich für unwahrscheinlich. Ich traute dem Small einen gewissen Grad von Schlauheit zu; die hatte er bewiesen bei seiner fortgesetzten Wacht über Pondicherry-Lodge. Er mußte während seines Aufenthalts in London irgend ein geheimes Versteck gehabt haben, das er gewiß nicht aufgeben würde, ohne erst sicher zu sein, daß er den Zufluchtsort entbehren könne. Besonders mußte ihm daran liegen, seinen Kameraden vor allen Blicken zu verbergen, denn, mochte er ihn zustutzen wie er wollte, seine Erscheinung blieb höchst auffallend. Die beiden waren aus ihrem Schlupfwinkel unter dem Deckmantel der Dunkelheit aufgebrochen und mußten wünschen, ihn vor Tagesanbruch wieder zu erreichen. Nun war es nach Angabe der Frau Smith drei Uhr vorbei, als sie das Boot bekamen. Eine Stunde später wurde es ganz hell und viele Leute waren schon auf den Füßen. Daraus folgerte ich, daß sie nicht weit gefahren sein könnten. Sie bezahlten den Smith gut dafür, daß er reinen Mund hielt, legten einstweilen Beschlag auf sein Boot bis zur schließlichen Flucht, und eilten mit dem Schatz in ihr Versteck. In einer späteren Nacht konnten sie dann unter dem Schutz der Dunkelheit nach irgend einem Schiff bei Gravesend oder in den Downs abdampfen, wo sie ohne Zweifel schon ihre Ueberfahrt nach den Kolonien oder Amerika vorbereitet hatten."

"Aber das Boot? Das haben sie doch nicht in ihr Versteck genommen."

"Sehr wahr. Doch konnte die ›Aurora‹, trotz ihrer Unsichtbarkeit nicht weit sein. Ich versuchte, mich an Smalls Stelle zu setzen und die Sache zu betrachten, wie ein Mann von seiner Urteilskraft es thun würde. Das Boot zurückschicken oder es auf irgend einer Werft behalten, hieße der Polizei die Verfolgung erleichtern. Wie konnte er also sein Fahrzeug zugleich verbergen, und es dennoch bei der Hand haben, sobald er es brauchte? Ich überlegte, was ich selbst gethan hätte, wenn ich in seinen Schuhen steckte. Da konnte ich mir nur ein Mittel ausdenken. Ich würde das Boot einem Schiffbauer oder Schiffszimmermann übergeben mit der Weisung, irgend eine unbedeutende Ausbesserung daran vorzunehmen. Der hätte es in seinen Schuppen oder Bauhof bringen lassen, und auf diese Art wirklich verborgen, während man es nach Bedarf in ein paar Stunden wieder haben konnte."

"Das scheint allerdings einfach."

"Eben diese allereinfachsten Dinge sind es, die so leicht übersehen werden. Es kam auf einen Versuch an. Als Matrose verkleidet, durchforschte ich alle Schiffsbauhöfe den Fluß entlang. Fünfzehnmal war's vergeblich, aber beim sechzehnten – Jakobsons – erfuhr ich, daß die ›Aurora‹ ihnen vor zwei Tagen von einem Mann, einem Stelzfuß übergeben worden wäre, zur Ausbesserung des Steuers. ›Aber das Steuerruder ist heil und ganz,‹ sagte der Werkführer: ›die dort ist's mit den roten Streifen.‹ Es traf sich merkwürdig, daß ich gerade in dem Augenblick Mordecai Smith zu Gesichte bekam, den verschwundenen Eigentümer des Dampfboots. – Er war stark angetrunken und brüllte selbst seinen Namen und den Namen seines Boots heraus; sonst hätte ich ihn schwerlich erkannt. ›Ich brauch' die ›Aurora‹ heut abend um acht Uhr,‹ rief er – ›wohl zu merken – Punkt acht Uhr; ich hab' zwei Herren, die auf mich warten!‹ Sie hatten ihn offenbar gut bezahlt; denn er war sehr freigebig mit dem Gelde und teilte rechts und links Schillinge aus. Ich folgte ihm eine Weile, bis er in einer Kneipe verschwand; dann ging ich auf den Bauhof zurück und stellte einen Jungen aus meiner Bande, den ich unterwegs traf, als Wache auf. Er soll uns vom Ufer aus mit seinem Taschentuch zuwehen, wenn die ›Aurora‹ abdampft. Wir bleiben mit unserem Fahrzeug abseits im Flusse liegen, und es müßte sonderbar zugehen, wenn es uns nicht gelänge, die Männer, den Schatz, kurz alles zu fangen."

"Sie haben jedenfalls den Plan sehr fein ausgedacht; mögen es nun die rechten Leute sein oder nicht," sagte Jones. "Wäre die Sache in meinen Händen gewesen, so hätte ich eine Anzahl Polizisten in die Nähe postiert, um sie festzunehmen, sobald sie zum Vorschein gekommen wären."

"Die hätten lange warten können. Glauben Sie mir, Small ist ein geriebener Kerl. Er würde erst einen Spion vorausgeschickt haben und sobald er Argwohn schöpfte, sich abermals eine Woche still verhalten."

"Aber den Mordecai hätten Sie doch festnehmen und benützen können, ihren Versteck aufzufinden," sagte ich.

"Das hielt ich für verlorene Mühe. Ich möchte wetten, daß Smith gar nicht weiß, wo sie sich aufhalten. Warum sollte er danach fragen, solange er Schnaps und gute Bezahlung hat. Sie schicken ihm nur Botschaft, wenn sie ihn brauchen. Ich habe alles wohl erwogen und auf meine Weise wird es am besten gehen."

Während dieses Gesprächs war unser Boot unter einer Themsebrücke nach der andern dahingeschossen. Als wir an der City vorbeikamen, vergoldeten die letzten Strahlen der Sonne das Kreuz auf dem St. Paulskirchturm. Als wir den Tower erreichten, herrschte bereits Dämmerlicht.

"Das dort ist Jakobsons Schiffsbauhof," sagte Holmes, auf ein Gewirr von Masten und Segeln deutend. "Wir wollen hier langsam auf- und abkreuzen unter Deckung jener Leichterboote."

Er nahm ein Nachtfernglas aus der Tasche und spähte nach dem Ufer hin. "Ich sehe meine Wache auf dem Posten, aber sie giebt kein Zeichen."

"So lassen Sie uns doch eine Strecke weit den Fluß hinunter fahren und auf die ›Aurora‹ warten," sagte Jones eifrig.

Wir waren jetzt alle in Aufregung, selbst die Polizisten und die Heizer, die doch nur eine sehr unklare Vorstellung davon hatten, um was es sich handelte.

"Wir können nicht mit Sicherheit annehmen, daß sie flußabwärts fahren," erwiderte Holmes. "Von diesem Punkt aus sehen wir den Eingang der Werft; uns dagegen können sie kaum gewahr werden. Es wird eine klare Nacht; wir haben Licht genug und müssen vorerst bleiben, wo wir sind. Schauen Sie noch einmal dort hinüber. Flattert da nicht etwas Weißes?"

"Ja, es ist Ihr Junge mit dem Taschentuch. Ich kann ihn deutlich sehen."

"Und da ist auch die ›Aurora‹," rief Holmes, "sie schießt davon in Teufelseile! – Fahrt drauf los, Bootsmann, so schnell ihr könnt, hinter dem Dampfer her mit dem gelben Licht! Es wäre doch wahrhaftig zu toll wenn er uns am Ende noch durchginge!"

Von uns ungesehen war die ›Aurora‹ durch einige kleine Fahrzeuge gedeckt, aus der Werft in den Fluß geglitten. Jetzt flog sie stromabwärts, nahe am Ufer hin, mit furchtbarer Geschwindigkeit. Jones sah ihr ernsthaft nach und schüttelte den Kopf.

"Das geht sehr schnell. Ich zweifle, ob wir sie einholen."

"Wir *müssen*, wir müssen!" rief Holmes, die Zähne zusammenbeißend. "Schürt das Feuer, ihr Heizer! – das Boot muß sein Aeußerstes thun! Sollten wir auch verbrennen! Haben müssen wir sie!"

In rasender Eile ging es jetzt hinter der ›Aurora‹ her. Die Kesselfeuerung prasselte; die mächtigen Maschinen ächzten und stöhnten wie ein großes, metallenes Herz. Der scharfe Schnabel unseres Dampfers durchschnitt den stillen Fluß, daß rechts und links zwei große Wogen dahinrollten. Mit jedem Herzschlag der Maschinen sprang und bebte das Boot wie ein lebendiges Wesen. Eine große, gelbe Laterne an unserm Bug warf einen langen, flackernden Lichtstrahl vor uns her. Geradeaus sahen wir die ›Aurora‹ wie einen dunklen Fleck, und das Gekräusel des weißen Schaums hinter ihr zeugte von der Schnelligkeit ihres Laufs. Wir schossen an Kähnen, Dampfern, Handelsschiffen vorbei; hinter dem einen fort und um das andere herum. Stimmen riefen uns an aus der Dunkelheit, aber immer raste die ›Aurora‹ vorwärts, und wir immer hinterher.

"Mehr Kohlen, ihr Leute, mehr Kohlen!" schrie Holmes in den Maschinenraum hinunter, während ihm die schreckliche Glut ins erhitzte Gesicht schlug. "Wir brauchen allen Dampf, der sich irgend beschaffen läßt."

"Ich meine, wir kommen etwas naher," sagte Jones, die ›Aurora‹ scharf im Auge behaltend.

"Ganz gewiß!" rief ich. In ein paar Minuten haben wir sie erreicht."

In dem Augenblick wollte jedoch unser böses Geschick, daß ein Bugsierdampfer, mit drei Kähnen im Schlepptau, uns in die Quere kam. Nur durch eine rasche Bewegung des Steuers konnten wir den Zusammenstoß vermeiden. Wir mußten den Schlepper umgehen, und als wir wieder in unserer Bahn waren, hatte die ›Aurora‹ an zweihundert Meter Vorsprung gewonnen. Indessen war sie noch immer gut in Sicht; die nebelige, unsichere Dämmerung ging in eine klare, sternhelle Nacht über.

Unsere Dampfkessel thaten ihr Aeußerstes und das gebrechliche Fahrzeug bebte und krachte, während es mit wilder Gewalt vorwärts getrieben wurde. Wir waren an den West-India-Docks vorbei, hatten die lange Krümmung bei Deptford hinter uns und jetzt ging es wieder geradeaus. Der dunkle Fleck vor uns enthüllte sich immer deutlicher als die schlanke ›Aurora‹. Jones richtete unsere Leuchte auf sie, sodaß wir die Gestalten auf ihrem Deck unterscheiden konnten. Ein Mann saß im Hinterteil, einen schwarzen Gegenstand auf den Knieen, über den er sich niederbeugte. Neben ihm lag eine dunkle Masse, welche wie eine Neufundland-Dogge aussah. Der Junge hielt das Steuer, und im roten Schein des Dampfkessels sah ich den alten Smith stehen, bis zum Gürtel nackt und aus allen Kräften Kohlen schaufelnd. Sie mochten sich anfangs gefragt haben, ob wir sie wirklich verfolgten; aber jetzt, da wir unablässig auf ihrer Fährte blieben, konnten sie nicht mehr im Zweifel darüber sein. Bei Greenwich waren wir ungefähr dreihundert Schritt hinter ihnen. Bei Blackwall konnten es nicht mehr als zweihundertundfünfzig sein. Ich habe manches Tier gehetzt, in aller Herren Länder, während meines wechselvollen Lebens, aber niemals hat ein Sport mich in so wilde Aufregung versetzt, als diese wahnsinnige Menschenjagd auf dem Themsefluß. Beständig näherten wir uns ihnen, einen Meter nach dem andern. In der Stille der Nacht konnten wir das Stöhnen und Klappern ihrer Maschine hören. Der Mann auf dem Hinterdeck kauerte am Boden und bewegte die Arme als verrichte er eine Arbeit. Von Zeit zu Zeit sah er auf, wie um mit den Blicken die Entfernung zu messen, die uns noch trennte. Näher und näher kamen wir. Jones schrie, sie möchten anhalten. Jetzt waren wir nur noch vier Bootslängen hinter ihnen, beide Boote flogen in furchtbarer Eile dahin. Bei unserm Anruf sprang der Mann am Steuer in die Höhe, stieß wilde Flüche aus und schüttelte seine geballten Fäuste gegen uns. Er war ein mittelgroßer, kräftiger Mann, und wie er so breitbeinig dastand, sich im Gleichgewicht haltend, konnte ich sehen, daß er an seinem linken Bein vom Knie an einen hölzernen Stelzfuß trug. Als seine schrille, zornige Stimme erschallte, entstand in der dunkeln Masse auf dem Deck eine Bewegung. Es dehnte und streckte sich, bis ein kleiner, schwarzer Mann dastand – der kleinste, den ich jemals gesehen – mit einem großen, unförmlichen Kopf, den eine Menge wirres, zerzaustes Haar bedeckte. Holmes hatte schon seinen Revolver gespannt und ich ergriff schnell den meinigen bei dem Anblick dieses wilden, mißgestalteten Geschöpfs. Er war in eine Art Mantel oder dunkle Decke gehüllt, die nur sein Gesicht frei ließ, aber das Gesicht mußte einen im Schlaf verfolgen. Nie habe ich Züge gesehen, die so sehr den Stempel tierischer Grausamkeit trugen. Seine kleinen Augen glühten und brannten in dunklem Feuer, aus seinen dicken Lippen starrten die Zähne hervor, mit denen er klapperte und uns angrinste in bestialischer Wut.

"Geben Sie Feuer, sobald er die Hand hebt," sagte Holmes ruhig.

Wir waren nur noch eine Bootslänge entfernt, fast berührten wir unsere Beute. Ich sehe die beiden noch vor mir im Lichte unserer Laterne, den weißen Mann mit dem Stelzfuß, wie er seine Flüche zu uns herüberschleuderte, und den teuflischen Zwerg, mit den großen, gelben, knirschenden Zähnen und dem scheußlichen Gesicht. Es war gut, daß wir ihn so deutlich sehen konnten, denn jetzt zog er unter seiner Umhüllung ein kurzes, rundes Stück Holz hervor, wie ein Schullineal und setzte es an die Lippen. Unsere Pistolen gingen gleichzeitig los. Er taumelte, warf die Arme in die Höhe, gab einen keuchenden Ton von sich und fiel über Bord in den Strom. Noch einmal sah ich den Blick seiner giftigen, drohenden Augen inmitten des weißen Wasserschaums. Im selben Augenblick warf sich der Stelzfuß auf das Steuerruder, drückte es nieder und sein Boot flog dem südlichen Ufer zu. Wir schossen daran vorbei, wendeten jedoch sofort um. Es war schon dicht am Lande, gerade an einer recht wilden und wüsten Stelle, wo das Mondlicht auf weiten Sumpfstrecken glitzerte, mit Pfützen stehenden Wassers und Schichten einer faulenden Vegetation. Mit einem dumpfen Stoß lief das Boot auf das sumpfige Ufer, das Vorderteil in der Luft, die Hinterseite im Wasser. Der Flüchtling sprang heraus; aber sein Stelzfuß sank augenblicklich der ganzen Länge nach in den durchweichten Boden. Vergeblich all seine Anstrengung sich zu befreien; nicht einen Schritt konnte er vor- oder rückwärts machen. Er brüllte vor ohnmächtiger Wut und stieß verzweifelt mit dem andern Fuß in den Schlamm; aber sein Ringen bohrte den hölzernen Stumpf nur noch tiefer in den zähen Ufergrund. Als wir neben der ›Aurora‹ beilegten, war er so fest eingeankert, daß wir nur mit Hilfe eines Taus, welches ihm über die Schultern geworfen wurde, imstande waren, ihn wie einen Riesenfisch über unsern Schiffsrand zu heben und zu ziehen. Die beiden Smith, Vater und Sohn, saßen mürrisch in ihrem Boot, doch kamen sie ganz demütig zu uns an Bord, als es ihnen befohlen wurde. Die ›Aurora‹ selbst machten wir flott und befestigten sie hinten an unserm Boot. Eine starke, eiserne Kiste indischer Arbeit stand auf dem Deck. Das war ohne Frage dieselbe, die den verhängnisvollen Schatz der Scholtos enthielt. Der Schlüssel fehlte, aber sie war von beträchtlichem Gewicht, so brachten wir sie denn vorsichtig in unsere kleine Kajüte. Während wir langsam stromaufwärts dampften, wendeten wir unsere Leuchte nach allen Seiten, aber nirgends war eine Spur von dem Insulaner zu entdecken. Die Gebeine dieses, an unsern Ufern so fremdartigen Gastes, liegen wohl tief auf dem Boden der Themse in irgend einem dunkeln Morast.

"Sehen Sie da," sagte Holmes, auf das hölzerne Gangbrett deutend. "Wir haben unsere Pistolen gerade noch rechtzeitig abgefeuert." Und wirklich – dicht hinter der Stelle, auf der wir gestanden hatten, steckte einer der mörderischen Dorne, die wir so gut kannten. Er mußte in dem Augenblick zwischen uns hindurch geschwirrt sein, als wir losschossen.

Holmes lächelte nur und zuckte die Achseln, aber ich gestehe, daß mir schauderte bei dem Gedanken an den gräßlichen Tod, dem wir in dieser Nacht nur knapp entgangen waren.

ELFTES KAPITEL. DER GROßE AGRA-SCHATZ.

Unser Gefangener saß in der Kajüte, dem eisernen Kasten gegenüber, den zu erlangen er so viel gethan und so lange gewartet hatte. Es war ein sonnverbrannter Bursche mit ein Paar frechen Augen. Ein Netzwerk von Linien und Furchen zog sich über sein ganzes, mahagonifarbenes Gesicht, das von einem harten Leben in freier Luft zeugte. Das auffallend vorstehende, bärtige Kinn bezeichnete ihn als einen Menschen, der nicht leicht von einmal gefaßten Vorsätzen abzubringen war. Er mochte ungefähr fünfzig Jahr alt sein, denn seine schwarzen, krausen Haare waren stark mit grau gemischt. Sein Gesicht war in der Ruhe nicht abstoßend, obgleich die dichten Brauen und das trotzige Kinn, ihm im Zorn einen gräßlichen Ausdruck geben konnten, wie ich kürzlich gesehen hatte. Die gefesselten Hände im Schoß, den Kopf auf die Brust gesenkt, saß er da und blickte mit den scharfen, funkelnden Augen unverwandt nach der Kiste, welche der Anlaß aller seiner Missethaten gewesen war. Es schien mir, als spräche mehr Kummer als Aerger aus seinen starren, verschlossenen Mienen. Einmal bemerkte ich sogar einen Schimmer von Humor in seinen Augen, als er zu mir aufblickte.

"Hören Sie, Jonathan Small," sagte Holmes, indem er sich eine Zigarre anzündete, "es thut mir leid, daß es dazu hat kommen müssen."

"Mir auch, Herr," erwiderte er frei heraus. "Doch glaube ich nicht, daß man mich wegen der Geschichte hängen kann. Ich schwöre Ihnen hoch und heilig, daß ich keine Hand gegen Herrn Scholto aufgehoben habe. Es war der kleine Höllenhund Tonga, der einen von seinen verfluchten Pfeilen auf ihn schoß. Meine Schuld ist's nicht, Herr, im Gegenteil, mir hat's so viel Kummer gemacht, als wenn es mein Blutsverwandter gewesen wäre. Ich schlug den kleinen Teufel tüchtig mit dem Tauende dafür, aber es war einmal geschehen, und ich konnt's nicht wieder ungeschehen machen."

"Da habt Ihr eine Zigarre, Small," sagte Holmes; "thut auch einen Zug aus meiner Flasche, denn Ihr seid sehr durchnäßt. – Wie konntet Ihr nur erwarten, daß ein so kleiner, schwacher Mensch wie dieser Schwarze, Herrn Scholto überwältigen und festhalten würde, während ihr an dem Strick heraufklettertet?"

"Sie scheinen ja die Sache so genau zu wissen, als wenn Sie dabei gewesen wären, Herr. Die Wahrheit zu gestehen, hatte ich gehofft, das Zimmer frei zu finden. Ich kannte die Gewohnheiten des Hauses ziemlich gut und wußte, daß Herr Scholto um die Zeit zum Abendessen hinunter zu gehen pflegte. Ich werde kein Geheimnis aus der Angelegenheit machen, denn der einfache Sachverhalt spricht am besten zu meiner Verteidigung. Wenn es den alten Major getroffen hätte, so würde ich mit leichtem Herzen den Kopf in die Schlinge gesteckt haben. Ich hätte ihn so gleichmütig tot gestochen, wie ich hier diese Zigarre rauche. Aber es ist verflucht bitter, daß ich wegen des jungen Scholto transportiert werden soll, mit dem ich nie irgend einen Zwist gehabt habe."

"Ihr steht unter Aufsicht des Herrn Athelney Jones von Scotland-Yard. Er wird Euch in meine Wohnung bringen, und ich erwarte einen wahrheitsgetreuen Bericht über die ganze Sache von Euch. Wenn Ihr erst Euer Gewissen befreit habt, hoffe ich Euch nützlich sein zu können. Ich glaube, ich kann beweisen, daß das Gift ungeheuer schnell wirkt und der Mann tot war, ehe Ihr noch das Zimmer betreten hattet."

"Das war auch so, Herr. In meinem Leben habe ich keinen solchen Schreck gehabt, als wie ich durchs Fenster stieg und das verzerrte, grinsende Gesicht mich anstarrte. Halbtot würde ich den Tonga dafür geschlagen haben, wenn er sich nicht davongemacht hätte. In der Eile hat er seinen Knüttel zurückgelassen und auch einige von den Bolzen, wie er mir sagte. Wahrscheinlich hat Ihnen das auf die Spur geholfen; wie Sie die aber festhalten konnten, geht über mein Verständnis. Ich hege deswegen keine Feindschaft gegen Sie, aber es scheint ein närrisches Geschick," fügte er mit bitterem Lächeln hinzu, "daß ich bei meinem gerechten Anspruch auf eine halbe Million, die erste Hälfte meines Lebens beim Bau eines Wasserdamms in den Andamanen zugebracht habe und die andere Hälfte wahrscheinlich beim Graben von Abzugskanälen in Dartmoor verbringen werde. Das war ein böser Tag für mich, als meine Augen zuerst den Kaufmann Achmet erblickten, und ich mit dem Agra-Schatz zu thun bekam, der stets nur ein Fluch für seinen Besitzer gewesen ist. Ihm brachte er den Tod, Major Scholto stürzte er in Sünde und Angst, und für mich bedeutete er lebenslange Sklaverei."

In diesem Augenblick steckte Jones sein breites Gesicht nebst seinen stämmigen Schultern in die Kajütenthür.

"Just wie eine Familiengruppe," bemerkte er.

"Geben Sie mir einen Schluck aus der Flasche, Holmes. Nun ich denke, wir können uns alle gratulieren. Schade, daß wir den andern nicht lebendig bekommen haben, aber uns blieb keine

Wahl. Na, Holmes, Sie werden zugeben, daß die Sache an einem Haar hing. Mit Mühe und Not haben wir sie bewältigt."

"Ende gut, alles gut. Aber ich hatte sicherlich nicht gedacht, daß die ›Aurora‹ ein solcher Schnellsegler wäre."

"Smith sagt, daß sie einer der schnellsten Dampfer auf dem Flusse ist, und hätte er nur noch einen Mann zur Hilfe bei der Maschine gehabt, so würden wir sie nicht eingeholt haben. Er schwört, daß er nichts von der Norwood-Geschichte weiß."

"Er ahnt nichts davon," rief unser Gefangener. "Ich wählte sein Boot, weil ich hörte, daß es so schnell fährt. Wir haben ihm nichts gesagt, aber bezahlten ihn gut und versprachen ihm noch eine ordentliche Summe, wenn wir unser Schiff, die Esmeralda, die nach Brasilien bestimmt ist, in Gravesend erreichten."

"Gut — hat er kein Unrecht gethan, so wird ihm nichts Unrechtes geschehen. Wenn wir auch flink sind, unsere Leute einzufangen, so sind wir nicht so eilig, sie zu verurteilen."

Es war belustigend zu beobachten, wie Jones schon anfing, sich auf Grund der Gefangennahme ein wichtiges Ansehen zu geben. An dem leisen Lächeln, das in Holmes' Zügen spielte, sah ich, daß die Rede an ihm nicht verloren gewesen war.

"Wir werden sogleich an der Vauxhall-Brücke sein," sagte Jones, "dort können Sie mit der Schatzkiste landen, Doktor. Ich brauche Ihnen kaum zu sagen, daß ich eine große Verantwortlichkeit auf mich nehme, indem ich das gestatte. Es ist gänzlich gegen die Ordnung; aber natürlich bleibt es dabei, weil es einmal verabredet ist. Indessen halte ich es für meine Pflicht, Ihnen einen Beamten mitzugeben, da Sie einen so kostbaren Gegenstand in Händen haben. Sie nehmen doch eine Droschke?"

"Ja, ich werde fahren."

"Sehr schade, daß kein Schlüssel vorhanden ist, und wir nicht erst ein Inventarium machen können. Sie werden den Kasten aufbrechen müssen. Wo ist denn der Schlüssel, guter Freund?"

"Auf dem Grund des Flusses," sagte Small kurz.

"Hm. Die unnütze Mühe hättet Ihr uns ersparen können. Wir haben Arbeit genug mit Euch gehabt. — Ich brauche Sie wohl nicht besonders zu bitten, Herr Doktor, recht vorsichtig zu sein. Bringen Sie die Kiste dann nur in Ihre Wohnung nach der Bakerstraße. Sie finden uns dort, auf dem Wege zum Polizeiamt."

Bei Vauxhall wurde ich mit meiner eisernen Kassette ans Land gesetzt; ein freundlicher Polizist begleitete mich. Nach einer viertelstündigen Fahrt erreichten wir Frau Forresters Wohnung. Die Dienerin schien erstaunt über einen so späten Besuch. Frau Forrester befand sich in einer Abendgesellschaft und wurde erst spät zurückerwartet, Fräulein Morstan war jedoch zu Hause. Ich traf sie im Wohnzimmer, wohin ich mich mit der Kiste im Arm begab. Den gefälligen Beamten hatte ich in der Droschke zurückgelassen."

Sie saß am offenen Fenster, in einen duftigen, weißen Stoff gekleidet, der nur am Hals und Gürtel durch etwas Rot belebt war. Das gedämpfte Licht einer Lampe fiel auf sie, spielte in ihren ernsten, sanften Zügen und gab den reichen Flechten ihres üppigen Haares einen förmlich metallischen Glanz. Sie hatte sich in den Stuhl zurückgelehnt und in ihrer ganzen Gestalt und Haltung prägte sich tiefe Schwermut aus.

Beim Schall meiner Schritte sprang sie jedoch auf, und ein helles Rot der Ueberraschung und Freude färbte ihre bleichen Wangen.

"Als ich einen Wagen vorfahren hörte," sagte sie, "glaubte ich, es sei Frau Forrester, die so früh heimkäme. Daß Sie es sein könnten, hätte ich mir nicht träumen lassen. Was für Nachricht bringen Sie mir?"

"Ich bringe Ihnen etwas, das mehr wert ist als alle Nachrichten der Welt," sagte ich, den Kasten auf den Tisch niedersetzend, in lebhaftem, heiterem Ton, obgleich mir das Herz in der Brust schwer war. "Ich bringe Ihnen ein großes Vermögen."

Sie sah nach der eisernen Kiste hin. "Ist denn das der Schatz?" fragte sie kühl.

"Ja, das ist der große Agra-Schatz. Die Hälfte davon kommt Ihnen zu; die andere Hälfte gehört Thaddäus Scholto. Jedes von Ihnen wird ein paar Hunderttausend haben. Denken Sie nur! Eine Jahreseinnahme von zehntausend Pfund Sterling. Es wird wenige junge Damen in England geben, die reicher sind. Ist das nicht herrlich?"

Ich mag wohl meine Freude etwas zu stark aufgetragen haben, oder hatte sie einen hohlen Klang in meinen Glückwünschen entdeckt? Ihre Augenbrauen hoben sich leise und sie blickte mich forschend an.

"Wenn ich dies Vermögen erhalte, so danke ich es Ihnen."

"Nein, nein," antwortete ich. "Nicht mir, sondern meinem Freunde Sherlock Holmes. Mit allem guten Willen von der Welt hätte ich die Lösung nicht finden können, die selbst sein Genie hart auf die Probe gestellt hat. Noch im letzten Augenblick hätten wir um ein Haar alles verloren."

"Bitte setzen Sie sich und erzählen Sie mir, Herr Doktor."

Ich berichtete kurz, was sich zugetragen hatte, seit ich sie zuletzt gesehen. Holmes' neue Methode, die Entdeckung der ›Aurora‹, die Beteiligung von Athelney Jones an unserer nächtlichen Expedition und die wilde Jagd auf der Themse. Sie horchte mit geöffneten Lippen und glänzenden Augen der Schilderung unserer Abenteuer. Als ich von dem Bolzen sprach, dem wir mit genauer Not entgangen waren, ward sie so bleich, als sei sie einer Ohnmacht nahe.

"Es ist nichts," sagte sie, als ich nach einem Glas Wasser griff. "Ich bin ganz wohl. Mich erschreckte es nur zu hören, daß ich meine Freunde einer so gräßlichen Gefahr ausgesetzt habe."

"Das ist nun alles vorüber. Ich werde Ihnen keine so düsteren Einzelheiten mehr erzählen; wir wollen uns zu etwas Heiterem wenden. Hier ist der Schatz. Was könnte erfreulicher sein? Mir ist erlaubt worden, ihn mit her zu bringen, da ich glaubte, es würde Ihnen lieb sein, wenn Sie die erste wären, die ihn betrachtet."

"Natürlich wird mich das aufs höchste interessieren," sagte sie; doch klang keine Begierde aus den Worten. Mir schien, sie wollte sich nur nicht gleichgültig gegen einen Preis zeigen, den zu gewinnen wir uns so viel Anstrengung hatten kosten lassen.

"Ein hübscher Kasten," sagte sie, sich über denselben beugend. "Vermutlich indische Arbeit?"

"Ja, es ist Metallarbeit, wie sie in Benares gemacht wird."

"Und so schwer!" rief sie aus, indem sie versuchte, ihn zu heben. "Der Kasten allein muß schon von Wert sein. Wo ist der Schlüssel?"

"Small hat ihn in die Themse geworfen; ich muß mir Frau Forresters Schüreisen borgen."

Vorn an dem Kasten befand sich eine schwere, breite Haspe mit dem Bild eines sitzenden Buddha. Ich schob die Spitze des Eisens darunter, es als Hebel gebrauchend. Der Versuch glückte. Die Haspe sprang mit einem lauten Knall auf, und zitternd vor Erregung schlug ich den Deckel zurück. Wer schildert aber unser Erstaunen – der Kasten war leer! –

Kein Wunder, daß er so schwer wog. Die Eisenwände ringsum waren fast zolldick, und augenscheinlich so massiv und gut gearbeitet, um Dinge von hohem Wert darin aufzubewahren; aber nicht ein Krümel, noch Brocken von Metall und Edelstein lag darin. Er war, wie gesagt, vollständig leer.

"Der Schatz ist verloren," sagte Fräulein Morstan ruhig.

Als ich diese Worte hörte und ihre Bedeutung begriff, atmete ich erleichtert auf. Ich hatte nicht gewußt, wie schwer dieser Agra-Schatz mich niederdrückte, bis mir die Last jetzt von der Seele genommen ward. Es war ohne Zweifel eigensüchtig, unredlich, sündhaft – aber ich hatte kein anderes Gefühl, als daß die goldene Scheidewand zwischen uns gefallen war.

"Gott sei Dank!" rief ich aus tiefstem Herzensgrund.

Ein Lächeln flog über ihre Züge; sie sah mich fragend an.

"Warum sagen Sie das?"

"Weil Sie wieder in meinem Bereich sind," versetzte ich, ihre Hand ergreifend, die sie mir nicht entzog. "Weil ich Sie liebe, Mary – so innig wie jemals ein Weib geliebt worden ist. Weil dieser Schatz, diese Reichtümer, mir die Lippen versiegelten. Nun sie fort sind, darf ich Ihnen meine Liebe gestehen. Und deshalb sage ich: ›Gott sei Dank.‹"

"Dann sage auch ich ›Gott sei Dank‹, flüsterte sie, während ich sie in meine Arme schloß. Mochte jener große Schatz immerhin verloren sein, ich wußte an dem Abend, daß ich einen weit größeren Schatz gewonnen hatte.

ZWÖLFTES KAPITEL. JONATHAN SMALLS SELTSAME GESCHICHTE.

Mein Polizeibeamter in der Droschke war wirklich ein geduldiger Mann, denn die Zeit, bis ich wieder kam, muß ihm lang geworden sein. Sein Gesicht verfinsterte sich bedeutend, als ich ihm den leeren Kasten zeigte.

"Da ist unser Lohn zum Henker," sagte er mißmutig. "Wo kein Geld ist, giebt's keine Bezahlung. Diese Nachtfahrt hätte uns jedem eine halbe Guinee eingebracht, Sam Brown und mir, wenn der Schatz nicht fort wäre."

"Thaddäus Scholto ist ein reicher Mann," beruhigte ich ihn, "er wird sorgen, daß eure Mühe belohnt wird – mit oder ohne Schatz."

Aber der Polizist schüttelte den Kopf. "Ein schlechtes Geschäft," wiederholte er, "Herr Athelney Jones wird das auch finden."

Sein Vorgefühl erwies sich als richtig. Der Geheimpolizist machte ein bestürztes Gesicht, als ich in der Bakerstraße ankam und nur den leeren Kasten mitbrachte. Sie waren soeben erst angelangt, Holmes, der Gefangene und er; denn sie hatten ihren Plan geändert und sich schon auf dem Wege bei einem Polizeiamt gemeldet. Mein Gefährte lag mit gleichgültiger Miene im Armstuhl, während Small ihm stumpfsinnig gegenüber saß, sein hölzernes Bein über das gesunde geschlagen. Beim Anblick der leeren Kiste lachte er laut auf.

"Das habt Ihr gethan, Small," sagte Jones grimmig.

"Ja, ich habe es alles ins Wasser geworfen, damit es euch nicht in die Hände fällt," schrie er triumphierend. "Es ist *mein* Schatz und weil ich ihn nicht behalten kann, habe ich dafür gesorgt, daß ihn niemand bekommt. Es hat kein Mensch auf der Welt ein Recht daran, ausgenommen drei Männer, die in den Andamanen als Sträflinge sind, und ich. Jetzt weiß ich, daß ich niemals in den Besitz des Schatzes gelangen kann und sie auch nicht. Was ich gethan habe, geschah gerade so gut für sie, wie für mich selber. Meine Kameraden hätten den Schatz auch lieber in die Themse geworfen, als ihn der Verwandtschaft oder Freundschaft des Majors Scholto oder Morstans überlassen; das weiß ich. Nicht um sie reich zu machen, sind wir dem Achmet zu Leibe gegangen. Sucht nur den Schatz, wo der Schlüssel ist und der kleine Tonga.

Sobald ich sah, daß euer Boot uns fangen mußte, that ich die Beute an einen sichern Platz. Für *die* Fahrt bekommt ihr keinen Lohn."

"Ihr betrügt uns, Small," sagte Jones streng; "wenn ihr den Schatz in der Themse versenken wolltet, wäre es doch leichter gewesen, ihn auf einmal mit der Kiste ins Wasser zu werfen."

"Leichter für mich zu werfen und leichter für euch zu finden," antwortete er mit einem schlauen Seitenblick. "Der Mann, der klug genug war, meiner Fährte zu folgen, ist klug genug, eine eiserne Kiste vom Grund des Flusses zu holen. Nun die Juwelen verstreut sind, über fünf Meilen und mehr, möchte es ein saures Stück Arbeit sein. Freilich schnitt mir's ins Herz, es zu thun. Fast wahnsinnig war ich, als ihr naher kamt. Aber, was hilft's sich zu grämen. Es ist mit mir im Leben aufwärts gegangen und abwärts gegangen, aber ich habe gelernt nicht zu heulen, wenn die Milch verschüttet war."

"Es handelt sich hier um eine sehr ernsthafte Sache, Small," sagte der Detektiv. "Wenn ihr der Gerechtigkeit beigestanden hättet, statt ihr hinderlich zu sein, so wäre euch das vor Gericht zu gute gekommen."

"Eine schöne Gerechtigkeit!" höhnte der Exsträfling. "Wessen Fang war es, wenn nicht unserer? Ist das Gerechtigkeit, daß ich die Beute denen überlassen soll, die gar keinen Anspruch daran haben? Seht dagegen, wie ich sie erworben habe:

"Zwanzig lange Jahre in der sumpfigen Fiebergegend, den Tag über bei der Arbeit unter dem Mangrovenbaum, die Nacht hindurch fest eingeschlossen in den kotigen Sträflingshütten, von Moskitos zerbissen, von Fieber gemartert, angeschrieen von jedem schwarzen Aufseher, dem's eine Lust war, den weißen Mann zu quälen. Unter solchen Umständen habe ich mir den Agra-Schatz verdient. Und solchen Preis soll ich gezahlt haben, nur damit ein anderer den Lohn genießen mag! Lieber will ich zwanzigmal hängen, oder einen von Tongas Bolzen im Fell haben, als in der Sträflingszelle leben und fühlen, daß ein anderer Mensch es sich im Palast wohl sein läßt mit dem Gelde, das von Rechts wegen mir gehören sollte."

Small hatte seine stoische Maske fallen lassen und sprudelte diese Worte mit wilder Wut hervor, während seine Augen flammten und seine Handschellen bei der leidenschaftlichen Bewegung klirrten. Als ich den Mann so voll Zorn und Ingrimm sah, begriff ich erst, wie wohlbegründet das Entsetzen gewesen war, welches Major Scholto packte, als er zuerst erfuhr, daß der betrogene Sträfling seine Spur gefunden hatte.

"Ihr vergeßt, daß wir von alledem nichts wissen," sagte Holmes ruhig. "Wir kennen Eure Geschichte nicht und können also nicht beurteilen, ob das Recht ursprünglich auf Eurer Seite gewesen ist."

"Ich weiß wohl, Herr, daß Sie es sind, dem ich diese Armbänder verdanke," antwortete Small. "Aber Sie haben mich anständig behandelt, und ich hege keinen Groll gegen Sie. Es ist alles offen und in der Ordnung zugegangen. Ich habe nicht den Wunsch, mit meiner Geschichte zurückzuhalten, wenn Sie sie hören wollen. Was ich Ihnen sage, ist die reinste Wahrheit – jedes Wort, bei Gott! – Schönen Dank. – Sie können mir das Glas hier zur Hand setzen; ich will mir die Lippen anfeuchten, wenn mir der Mund trocken wird.

"Ich bin aus Worcestershire gebürtig, bei Pershore ist meine Heimat. Dort müssen noch heutigen Tages Smalls die Menge leben und ich dachte oft daran, mich mal nach ihnen umzusehen. Aber ich habe der Familie nie viel Ehre gemacht, und da war ich im Zweifel, ob sie sich sehr freuen würden, mich wieder zu sehen. Es waren lauter rechtschaffene, kirchliche Leute, kleine Gutspächter, wohlbekannt und geachtet im Lande, während ich immer für eine Art Herumtreiber galt. Ich habe ihnen jedoch bald keine Ungelegenheiten mehr gemacht; denn als ich achtzehn Jahre alt war, geriet ich in einen Handel mit einer Dirne und konnte nicht anders wieder heraus, als daß ich der Königin Handgeld nahm und bei den ›Buffs‹ in das dritte Regiment eintrat, das just nach Indien aufbrach.

"Mir war's aber nicht bestimmt, lange bei den Soldaten zu bleiben. Ich hatte eben den Gänsemarsch und das Hantieren mit dem Gewehr gelernt, als ich verrückt genug war, im Ganges baden zu gehen. Zu meinem Glück war einer der besten Schwimmer im Regiment, John Holder, der Sergeant unserer Kompagnie, zur selben Zeit auch im Wasser. Ein Krokodil packte mich, als ich gerade mitten im Fluß war und rasierte mir das linke Bein so glatt ab, wie es nur ein Feldscheer hätte thun können, dicht unter dem Knie. Der Schreck und der Blutverlust hatten mich ohnmächtig gemacht, und ich wäre ertrunken, wenn Holder mich nicht ergriffen und ans Land gebracht hätte. Fünf Monate habe ich im Spital gelegen, und wie ich endlich imstande war, mit diesem hölzernen Stelzbein an meinen Stummel geschnallt, herauszuhinken, war ich als Invalide aus der Armee gestrichen und unfähig zu irgend einer ordentlichen Beschäftigung. – Einen schlimmern Streich hätte mir das Schicksal nicht spielen können: ich war ein unnützer Krüppel und noch nicht einmal zwanzig Jahre alt. Indessen erwies sich mein Mißgeschick als ein verkappter Segen. Ein Mann, Namens Abel White, der sich in dortiger Gegend als Indigo-Pflanzer niedergelassen hatte, suchte einen Aufseher, der seine Kulis überwachen und zur Arbeit anhalten sollte. Er war zufällig ein Freund unseres Hauptmanns, der mir seit meinem Mißgeschick wohlwollte. Um's kurz zu machen: der Hauptmann empfahl mich für das Amt, und da die Arbeit größtenteils zu Pferde betrieben wurde, so war mein Bein kein Hindernis, denn mit dem Knie konnte ich mich noch gut im Sattel halten. Ich mußte über die Plantagen reiten, ein Auge auf die Leute haben während sie arbeiteten, und die Lässigen anzeigen. Der Lohn war gut; ich erhielt ein behagliches Quartier und im ganzen wäre ich's wohl zufrieden gewesen, den Rest meines Lebens bei dem Indigo-Pflanzer zu bleiben. Herr White war ein freundlicher Mann und ist oft in meiner kleinen Baracke eingekehrt, eine Pfeife mit mir zu rauchen; denn da draußen schlagen die Herzen der weißen Leute wärmer für einander, als hierzulande. Mir ist's aber niemals lange hintereinander gut gegangen. Ganz plötzlich, ohne daß man sich's irgend versehen konnte, brach die große Meuterei über uns herein. Eben noch lag Indien scheinbar so still und friedlich da, wie Surrey und Kent; im nächsten Augenblick waren zweihunderttausend schwarze Teufel losgebrochen und das Land war die vollständige Hölle. Sie wissen das alles aus den Zeitungen, meine Herren, viel besser als ich wahrscheinlich, denn Lesen ist nicht meine Sache. Ich weiß nur, was ich mit eigenen Augen gesehen habe. Unsere Pflanzung war in Muttra, einem Ort nahe an der Grenze der nordwestlichen Provinzen. Nacht für Nacht sahen wir den ganzen Himmel erleuchtet von den brennenden Bungalows und tagtäglich zogen Europäer mit Weibern und Kindern durch unsere Besitzung, auf dem Wege nach Agra, wo die nächsten Truppen standen. Abel White war ein hartnäckiger Mann. Er hatte sich's in den Kopf gesetzt, daß man die Gefahr übertreibe und meinte, die Sache würde so plötzlich wie sie angefangen, auch wieder zu Ende gehen. Da saß er auf seiner Veranda, trank seinen Whisky, rauchte Zigarren dazu, während die Gegend ringsumher in Flammen stand. Natürlich hielten wir bei ihm aus, ich und Dawson, der zusammen mit seinem Weibe die Rechnungen und die Wirtschaft besorgte. Nun, eines schönen Tages kam der Krach. Ich war auf einer entfernten Plantage gewesen und ritt abends langsam heim. Da fiel mir ein seltsames Bündel in die Augen, das am Rand des steilen Ufers lag. Ich ritt hinunter, um zu sehen was es sein könne, und es überlief mich kalt bis ins Herz hinein. Es war Dawsons Frau, in Stücke gerissen und von den Schakals und Präriehunden halb aufgezehrt. Eine Strecke Wegs davon lag Dawson selber auf dem Gesicht, den abgeschossenen Revolver noch in der Hand – und vor ihm vier tote Sepoys, alle auf einem Haufen. Ich hielt an, zweifelnd, wohin ich mich jetzt wenden sollte; da sah ich eine dicke Rauchwolke aus Abel Whites Bungalow aufsteigen, und die Flammen brachen gerade zum Dache heraus. Nun wußte ich, daß ich meinem Brotherrn nichts mehr nützen könne und nur mein eigenes Leben vergeudete, wenn ich mich in die Geschichte mischte. Von der Stelle, auf der ich stand, konnte ich die brüllenden, schwarzen Teufel zu Hunderten in ihren roten Uniformröcken um das brennende Haus tanzen sehen. Einige zeigten nach mir und ein paar Kugeln pfiffen an meinem Kopf vorüber; da ritt ich auf und davon, quer durch die Reisfelder, und erreichte spät abends glücklich die Mauern von Agra.

"Es zeigte sich aber bald, daß dort ebensowenig Sicherheit zu finden war. Der Aufruhr tobte im ganzen Lande. Wo sich die Engländer in kleinen Banden sammeln konnten, da wehrten sie sich, soweit ihre Kugeln reichten. Ueberall sonst waren sie hilflose Flüchtlinge. Es war ein Streit von Millionen gegen Hunderte, und alle diese Leute, Fußvolk, Reiter und Schützen, gegen die wir fochten, waren unsere eigenen, auserlesenen Truppen, die wir gedrillt und gelehrt hatten unsere Waffen zu führen und unsere Hornsignale zu blasen – das war noch das grausamste. In Agra stand das dritte Regiment der bengalischen Füsiliere, eine Abteilung Sikhs, zwei Eskadrons Kavallerie und eine Batterie Artillerie. Ein Freiwilligenkorps von Kaufleuten und Handlungsgehilfen war gebildet worden; dem schloß ich mich an, mitsamt meinem hölzernen Bein. Zu Anfang Juli zogen wir gegen die Rebellen bei Shahgunge und schlugen sie eine Zeit lang zurück; aber das Pulver ging uns aus, und wir mußten uns in die Stadt Agra zurückziehen. Von allen Seiten trafen die schlimmsten Nachrichten ein. Sie können auf der Karte sehen, daß wir just in der Mitte des Aufstands waren. Lucknow liegt wohl mehr als hundert Meilen nach Osten und Cawnpore ungefähr eben so weit nach Süden. Aus allen Himmelsgegenden aber hörte man von nichts als Martern, Mord und Gewalttätigkeiten.

"Die Stadt Agra ist ein großer Ort, es wimmelt da von Glaubenseiferern und wilden Teufelsanbetern aller Sorten. Unsre Handvoll Leute wäre verloren gewesen in den engen, winkeligen Straßen. Deshalb hielt es unser Führer für geraten, über den Fluß zu setzen und seine Stellung in der alten Festung von Agra zu nehmen. Das ist der sonderbarste Ort, den ich je gesehen habe, und von ungeheurem Umfang; viele Morgen Landes, sollte ich meinen, müssen innerhalb seiner Mauern liegen. Unsere Garnison quartierte sich in dem neueren Teil ein; Weiber, Kinder, Vorräte und alles übrige. Der alte Teil der Festung war aber noch viel geräumiger. Da gab es gewundene Gänge, große Hallen und lange Korridore, die sich miteinander kreuzten und so verschlungen waren, daß man sich leicht darin verirren konnte. Es kam auch selten ein Mensch dorthin, und nur Skorpione und Tausendfüßler hausten in jenen Räumen.

"Die Vorderseite der Festung bespülte der Fluß und diente ihr zum Schutz, aber die vielen Thore auf den Seiten und hinten, mußten natürlich bewacht werden, und zwar im alten Teil, so gut wie in dem neueren, wo unsere Truppen im Quartier lagen. Wir hatten kaum Mannschaft genug um die Ecken des Gebäudes zu besetzen und die Geschütze zu bedienen, es war daher unmöglich, eine starke Wache an jedem der zahllosen Thore aufzustellen. Die Hauptwache war also mitten in der Festung eingerichtet, und jedes Thor der Aufsicht eines weißen Mannes nebst zwei oder drei Eingeborenen übergeben. Ich erhielt Befehl, mit zwei Sikhs während gewisser Stunden in der Nacht eine kleine, abgelegene Thür auf der Südwestseite der Festung zu bewachen. Wenn irgend etwas Verdächtiges auftauchte, sollte ich meine Muskete abfeuern, worauf dann sogleich von der Hauptwache Hilfe herbeikommen würde. Ob diese im Fall eines Angriffs aber noch rechtzeitig eintreffen konnte, schien mir sehr zweifelhaft; denn die Hauptwache war gute zweihundert Schritt entfernt und viele Säle und Irrgänge lagen dazwischen. – Ich war übrigens nicht wenig stolz, als mir dies kleine Kommando übertragen wurde, da ich doch nur ein Rekrut war und noch dazu ein Hinkebein. Zwei Nächte bezog ich den Wachtposten mit den beiden Söhnen des Pendschabs. Es waren große, wild aussehende Bursche: Mahomet Singh und Abdullah Khan hießen sie, beides alte Kriegsleute, die bei Chilian Wallah gegen uns gefochten hatten. Sie sprachen ziemlich gut Englisch, aber ich konnte wenig aus ihnen herauskriegen. Sie zogen es vor, die ganze Nacht beisammen zu stehen und ihr wunderliches Kauderwälsch zu plappern. Ich, für meine Person, stellte mich an den Thorweg, und schaute auf den breiten, gewundenen Fluß und nach den blitzenden Lichtern der großen Stadt hinüber. Der Trommelschlag, das Gerassel des Tamtams und das Gejohle und Geheul der Rebellen, die von Opium und von Schnaps betrunken waren, erinnerten uns die ganze Nacht über an unsern gefährlichen Nachbar, jenseits des Flusses. Alle zwei Stunden pflegte ein Offizier, der die Nachtwache hatte, bei sämtlichen Posten die Runde zu machen, um sich zu überzeugen, daß alles in Ordnung sei.

"Die dritte Nacht meiner Wache war finster und regnerisch. Es war kein Vergnügen, bei solchem Wetter eine Stunde nach der andern am Thor zu stehen. Ich versuchte immer wieder meine Sikhs zum Sprechen zu bringen, aber mit wenig Erfolg. Um zwei Uhr morgens kam die Runde vorbei; das unterbrach doch wenigstens die Langeweile der Nacht. Da ich sah, daß meine Gefährten sich in keine Unterhaltung einlassen wollten, zog ich meine Pfeife hervor und legte die Muskete aus der Hand, um ein Zündholz anzustreichen. Im nächsten Augenblick fielen beide über mich her. Der eine ergriff mein Gewehr und zielte nach meinem Kopf, während der andere mir ein großes Messer an die Kehle setzte und mit grimmiger Miene schwor, er würde mir's in den Leib stoßen, wenn ich auch nur ein Glied rührte.

Mein erster Gedanke war, daß die Kerle mit den Rebellen unter einer Decke wären, und dies der Anfang eines Ueberfalls sei. Wenn die Sepoys unser Thor in Händen hatten, mußte sich der Platz ergeben, und mit Weibern und Kindern wurde verfahren wie in Cawnpore. "Bei dem Gedanken öffnete ich schon den Mund, um einen Hilferuf auszustoßen, und wenn es mein letzter wäre. Der Mann, der mich festhielt, schien zu erraten, was in mir vorging, denn er flüsterte mir rasch zu: ›Macht keinen Lärm; die Festung ist nicht in Gefahr; hier diesseits vom Fluß giebt's keine Rebellen.‹

"Es klang, als ob er die Wahrheit spräche; daß ich ein toter Mann war, sobald ich losschrie, konnte ich in des Kerls schwarzen Augen lesen. So schwieg ich denn und wartete ab, was sie von mir wollten.

"›Hört mir zu, Sahib,‹ sagte Abdullah Khan, der größere und wildere von beiden; ›entweder Ihr thut jetzt ruhig mit, oder wir müssen Euch für immer still machen. Die Sache ist viel zu wichtig, als daß wir uns lange besinnen könnten. Ihr müßt Euch uns mit Leib und Seele ergeben bei Euerm Eid auf das Christen-Kreuz, oder wir werfen Euern Leichnam diese Nacht in den Festungsgraben, und gehen über zu unsern Brüdern in der Rebellenarmee. Einen Mittelweg giebt's nicht. Was wählt Ihr – Tod

113

oder Leben? Ihr habt nur drei Minuten Bedenkzeit; denn alles muß geschehen sein, ehe die Runde wieder kommt.‹

"›Wie kann ich mich entscheiden,‹ versetzte ich, ›bevor ich weiß, was ihr von mir verlangt? – Das eine sage ich euch: wenn es die Sicherheit des Platzes gefährdet, will ich nichts damit zu thun haben; dann mögt ihr mich mit euerm Messer abfertigen – nur zu.‹

"›Mit der Festung hat's nichts zu schaffen,‹ sagte er. ›Wir fordern nur von Euch, daß Ihr reich werden sollt. Das ist's ja, wozu alle Eure Landsleute hier herüber kommen. Wenn Ihr mit uns gemeinsame Sache macht, so schwören wir Euch auf dies blanke Messer und bei dem dreifachen Eid, den kein Sikh jemals gebrochen hat, daß Ihr Euern gerechten Anteil von der Beute haben sollt. Ein Viertel des Schatzes soll Euer sein. Damit seid Ihr gewiß einverstanden.‹

"›Aber was ist denn das für ein Schatz?‹ fragte ich; ›ich habe ganz und gar nichts dawider, reich zu werden, sagt mir nur, wie's geschehen kann?‹

"›So wollt Ihr schwören bei den Gebeinen Eures Vaters, bei der Ehre Eurer Mutter, bei dem Kreuz Eures Glaubens, gegen uns keine Hand zu erheben und kein Wort zu verraten, weder jetzt noch später?‹

"›Das will ich schwören,‹ versetzte ich, ›wenn ihr nichts gegen die Festung vorhabt.‹

"›Dann schwören wir, ich und mein Kamerad, daß Ihr den vierten Teil des Schatzes haben sollt, der gleichmäßig unter uns Vier verteilt werden wird.‹

"›Wir sind ja nur drei,‹ warf ich ein.

"›Dost Akbar muß auch seinen Anteil haben. Wir können Euch die Geschichte erzählen, während wir hier warten. – Stell' du dich ans Thor, Mahomet Singh, und gieb uns ein Zeichen, wenn sie kommen! – Ich weiß, daß ein Schwur den Fremden bindet und wir uns auf Euch verlassen können, Sahib. Wäret Ihr ein verlogener Hindu, so hättet Ihr bei allen Göttern in ihren falschen Tempeln schwören können, Euer Blut wäre doch auf dem Messer und Euer Leib im Graben gewesen. Aber der Sikh kennt den Engländer und der Engländer kennt den Sikh. So hört denn, was ich Euch zu sagen habe: In den nördlichen Provinzen lebt ein Rajah, der große Reichtümer besitzt, obgleich sein Land nur klein ist. Viel ist von seinem Vater auf ihn gekommen, und mehr noch hat er selbst zusammengebracht; denn er ist von gemeiner Natur, und häuft sein

Gold auf, statt es zu gebrauchen. Als die Unruhen ausbrachen, wollte er mit dem Löwen Freund sein und mit dem Tiger – mit dem Sepoy und mit dem Engländer. Bald schien es ihm jedoch, daß es mit dem weißen Manne zu Ende gehe, denn man hörte im ganzen Land nur von der Niederlage und dem Tode der Europäer. Der Nasah aber war vorsichtig; er machte seine Pläne so, daß ihm, was auch immer kommen mochte, wenigstens die Hälfte von seinen Reichtümern bleiben mußte. Alles Gold und Silber behielt er in den Gewölben seines Palastes; aber die kostbarsten Steine und seltensten Perlen, die er hatte, that er in einen eisernen Kasten, den er einem vertrauten Diener übergab. Dieser soll nun, als Kaufmann verkleidet, den Schatz nach der Festung von Agra bringen, um ihn dort zu verwahren, bis wieder Ruhe im Lande ist. Siegen dann die Rebellen, so behält er sein Gold; bekommen die Engländer die Oberhand, so hat er seine Juwelen gerettet. Nachdem er so seine Schätze geteilt hatte, trat er der Sache der Sepoys bei, weil sie an seinen Grenzen stark waren. Dadurch aber, das seht Ihr wohl ein, Sahib, wurde seine Habe das rechtmäßige Eigentum derjenigen, die ihrer Fahne treu geblieben sind.

"›Jener angebliche Kaufmann, der unter dem Namen Achmet reist, befindet sich nun in der Stadt Agra und wünscht in die Festung zu gelangen. Er hat meinen Stiefbruder Dost Akbar, der sein Geheimnis kennt, als Reisegefährten bei sich. Dost Akbar hat versprochen, ihn diese Nacht nach einem Seitenthor der Festung zu führen und hat das unsrige für seinen Zweck ausgewählt. Hier werden Mahomet Singh und ich ihn erwarten. Der Platz ist einsam und niemand weiß von seinem Kommen. Die Welt wird nichts mehr von dem Kaufmann Achmet hören, aber der große Schatz des Rajah wird unter uns geteilt. Was sagt Ihr dazu, Sahib?‹

"In Worcestershire gilt das Leben eines Menschen für heilig und unantastbar; aber man sieht die Sachen ganz anders an, wenn ringsum Feuer und Mord wütet und man's gewohnt worden ist, dem Tode an allen Ecken zu begegnen. Ob Achmet, der Kaufmann, lebte oder starb, fiel für mich gar nicht ins Gewicht; während Abdullah sprach, hatte sich mein Herz dem Schatz zugewandt und ich dachte, was ich wohl in der alten Heimat damit thun könnte, und wie meine Leute staunen würden, wenn ihr Thunichtgut mit den Taschen voll Goldstücken wiederkäme.

"Ich war daher schon mit mir eins; der Sikh aber, dem es scheinen mochte, als könnte ich nicht zum Entschluß kommen, drang immer mehr in mich.

"›Bedenkt, Sahib,‹ sagte er, ›wenn dieser Mann dem Kommandanten in die Hände fallt, wird er gehängt oder erschossen und die Regierung steckt seine Juwelen ein, so daß kein Mensch dadurch nur um eine Rupie reicher wird. Nun, wenn wir ihn greifen, warum sollten wir nicht das Weitere besorgen? Die Juwelen sind bei uns ebensogut aufgehoben, als in den Koffern der Regierung. Der Schatz ist groß genug, um uns alle zu reichen Herren und Häuptlingen zu machen. Niemand kann etwas von der Sache erfahren, denn wir sind hier von der ganzen Welt abgeschlossen; alles steht so günstig wie möglich für unsern Zweck. – Darum heraus mit der Sprache, Sahib, wollt Ihr mitthun, oder müssen wir Euch als unsern Feind ansehen?‹

"›Ich bin euer, mit Leib und Seele,‹ sagte ich.

"›Das ist gut,‹ rief er, und gab mir mein Gewehr zurück. ›Ihr seht, daß wir Euch trauen; Ihr werdet Euer Wort halten, und wir brechen das unsrige nicht. Jetzt brauchen wir nur noch auf meinen Bruder und den Kaufmann zu warten.‹

"›Weiß denn Euer Bruder, was Ihr thun wollt?‹ fragte ich.

"›Der ganze Plan stammt von ihm; er hat ihn ausgedacht. Jetzt wollen wir ans Thor gehen und mit Mahomet Singh die Wache teilen.‹

"Der Regen strömte herab, denn wir waren gerade im Anfang der nassen Jahreszeit. Schwarze, schwere Wolken bedeckten den Himmel, und es war nicht leicht, auch nur einen Steinwurf weit zu sehen. Dicht vor unseren: Thor befand sich ein tiefer Graben, dessen Wasser jedoch an verschiedenen Stellen fast eingetrocknet war, so daß man leicht hinüberkommen konnte. Mir war recht sonderbar zu Mute, während ich mit den beiden wilden Sikhs dastand und auf den Mann wartete, der seinem Tode entgegen ging.

"Plötzlich sah ich jenseits des Festungsgrabens eine Blendlaterne. Sie verschwand zwischen den Erdhügeln und erschien dann wieder, sich langsam auf uns zu bewegend.

"›Da sind sie,‹ rief ich.

"›Ruft ihn an, Sahib, wie gewöhnlich,‹ flüsterte Abdullah; ›gebt ihm keine Ursache zur Furcht. Schickt uns mit ihm hinein; wir thun das übrige, während ihr hier Wache steht. Haltet die Laterne bereit, damit wir sicher sein können, daß es der rechte Mann ist.‹

"Das Licht drüben hatte sich flimmernd genähert, bald anhaltend, bald vorwärts schreitend, bis ich zwei dunkle Gestalten am andern Ufer erkennen konnte. Ich ließ sie den abschüssigen Rand des Grabens herunterklettern, durch den Schlamm waten und halb nach dem Thor aufklimmen, ehe ich sie anrief.

"›Wer da,‹ rief ich mit gedämpfter Stimme.

"›Gut Freunds kam die Antwort. Ich deckte meine Laterne auf; ein greller Lichtstrahl ergoß sich über sie. Der erste war ein riesengroßer Sikh, mit einem schwarzen Bart, der ihm beinahe bis zur Leibbinde hinunterhing. Der andere, ein kleiner, fetter, runder Kerl, der einen gelben Turban trug und ein Bündel im Arm, das in ein Tuch gewickelt war. Er schien vor Angst am ganzen Körper zu zittern; seine Hände zuckten, als hätte er das Fieber, und er drehte den Kopf mit den zwei kleinen, glitzernden Augen bald rechts, bald links, wie eine Maus, wenn sie sich aus ihrem Loch wagt. Es überlief mich kalt bei dem Gedanken, daß er getötet werden sollte, aber ich erinnerte mich an den Schatz und mein Herz wurde hart wie ein Fels. Als er mein weißes Gericht sah, stieß er einen Freudenschrei aus und rannte auf mich zu.

"›Beschützt mich, Sahib,‹ keuchte er. ›Gewährt dem unglücklichen Kaufmann Achmet Euren Schutz. Ich bin durch viele Provinzen gereist, um in der Festung Agra Sicherheit zu suchen. Man hat mich beraubt, geschlagen und beschimpft, weil ich ein Freund der Ostindischen Kompagnie gewesen bin. Gesegnet sei diese Nacht, die mir Schutz und Rettung bringt – mir und meinem armen Besitztum.‹

"›Was tragt Ihr in dem Bündel?‹ fragte ich.

"›Einen eisernen Kasten,‹ antwortete er, ›der ein paar kleine Familienstücke enthält; für andere haben sie keinen Wert, aber mir würde es leid sein, sie zu verlieren. Uebrigens bin ich kein Bettler; ich kann Euch belohnen, junger Sahib, und auch Euern Gouverneur, wenn er mir ein Obdach gewährt, wie ich wünsche.‹

"Ich wagte nicht, länger mit dem Mann zu sprechen. Je mehr ich sein geängstigtes Gesicht ansah, um so schwerer schien mir's, ihn mit kaltem Blut umzubringen. Es war am besten, schnell ein Ende zu machen.

"›Bringt ihn auf die Hauptwache,‹ befahl ich. Die beiden Sikhs traten rechts und links neben ihn, der Riese schritt hinter ihm drein, so marschierten sie durch den dunkeln Thorweg. Es war wohl nie ein Mensch so dicht vom Tode umgeben. Ich blieb mit der Laterne am Thor und lauschte dem gleichmäßigen Hallen ihrer Schritte durch die einsamen Gange. Plötzlich hörte ich dies Geräusch nicht mehr, statt dessen vernahm ich Stimmen, ein Handgemenge und den Schall schwerer Schläge. Im nächsten Augenblick kamen zu meinem Entsetzen eilige Fußtritte nach meiner Richtung zu, und ich hörte ein lautes Aechzen und Keuchen. Rasch drehte ich die Laterne nach dem langen Durchgang hin, und da kam auch schon der dicke Mann gerannt wie der Wind, eine blutige Schmarre quer über das Gesicht. Dicht hinter ihm aber, mit dem Sprung eines Tigers, folgte der große, schwarzbärtige Sikh, ein blitzendes Messer in der Hand. Nie habe ich einen Menschen laufen sehen, wie den kleinen Kaufmann. Er that's dem Sikh zuvor, und ich sah wohl, daß wenn er an mir vorüber war und ins Freie kam, er sich noch retten könnte. Mir wurde das Herz weich, aber der Gedanke an den Schatz machte mich wieder hart wie Stein. Als er an mir vorbeirasen wollte, warf ich ihm mein Gewehr zwischen die Beine, und er überschlug sich zweimal wie ein geschossenes Kaninchen. Ehe er sich aufrappeln konnte, war der Sich über ihm und grub ihm das Messer in die Seite. Keinen Seufzer stieß der Mann mehr aus, er zuckte mit keiner Muskel, so lag er da, wie er gefallen war. –

"Sie sehen, meine Herren, daß ich mein Versprechen halte. Ich erzähle ihnen die Geschichte, genau wie sie sich zugetragen, und beschönige nichts zu meinen Gunsten."

Small hielt inne und langte mit den gefesselten Händen nach dem Glase Whisky und Wasser, das Holmes für ihn gemischt hatte.

Ich muß gestehen, daß mir der Mann den tiefsten Abscheu einflößte. Er hatte so kaltblütig teilgenommen an dem Mordgeschäft und sprach jetzt davon in so ruhigem, fast leichtfertigem Ton. Keine Strafe schien mir zu hart für ihn; auf Mitgefühl meinerseits durfte er wenigstens nicht rechnen.

Sherlock Holmes und Jones saßen mit den Händen auf den Knieen; ganz vertieft in ihr Interesse für den Bericht, doch drückten ihre Mienen denselben Widerwillen aus. Er mochte das wohl bemerkt haben, denn mit einem Anflug von Trotz in Stimme und Wesen fuhr er fort:

"Das war natürlich alles sehr schlecht. Doch möchte ich wohl wissen, ob viele an meiner Stelle den Beuteanteil ausgeschlagen hätten, um sich dafür die Kehle abschneiden zu lassen. Außerdem galt es mein Leben oder seines. Wenn ihm die Rettung gelang, so kam die ganze Geschichte ans Licht, und ich wurde wahrscheinlich standrechtlich erschossen. Man machte in solcher Zeit nicht allzuviel Federlesens."

"Fahrt fort mit Eurem Bericht," sagte Holmes kurz.

"Nun also, wir trugen ihn durch das Thor, Abdullah, Akbar und ich. Der kleine Mann war merkwürdig schwer von Gewicht. Mahomet Singh blieb als Wache zurück. Wir brachten ihn an einen Ort, den die Sikhs schon vorbereitet hatten; durch einen langen, gewundenen Korridor ging es in eine große Halle, wo Stücke des verfallenen Mauerwerks zerbröckelt umherlagen. Der Erdboden war an einer Stelle eingesunken und bildete ein natürliches Grab. Da hinein legten wir den Kaufmann Achmet und überdeckten ihn mit losen Backsteinen. Dann kehrten wir zu dem Schatz zurück.

"Er lag noch, wo er ihn hatte fallen lassen, als er zuerst angegriffen wurde. Der Kasten war derselbe, der jetzt da offen auf Ihrem Tisch steht. Ein Schlüssel hing an dem Metallgriff oben, mit einer seidenen Schnur befestigt. Wir öffneten ihn, und das Licht der Laterne glänzte auf einer Sammlung von Edelsteinen, wie ich sie vielleicht aus Beschreibungen kannte und im Traum gesehen hatte, aber nie in Wirklichkeit. Ihr Glanz blendete unsere Augen. Als wir uns an dem Anblick gesättigt hakten, nahmen wir sie alle heraus und machten eine Liste. Da waren zuerst hundert und dreiundvierzig Diamanten vom reinsten Wasser, darunter einer, der ›Groß-Mogul‹ genannt, von dem man sagte, daß er der zweitgrößte Stein der Welt sei. Dann kamen sieben und neunzig sehr schöne Smaragde, hundert und siebenzig Rubine, auch die kleinen mitgezählt. Nun folgten vierzig Karfunkel, zweihundert und zehn Saphire, einundsechzig Achatsteine, ferner Berylle, Onyxe, Türkise in Menge, und andere Edelsteine, deren Namen ich zur Zeit nicht einmal wußte; erst später bin ich besser damit vertraut geworden. Auch etwa dreihundert schöne Perlen waren in dem Kasten, zwölf davon in einen goldenen Kranz gefaßt. Letztere müssen übrigens herausgenommen worden sein; ich fand sie nicht mehr vor, als ich wieder in den Besitz des Kastens gelangte. –

"Nachdem wir die Schatze gezählt hatten, wiederholten wir unsern Schwur, zusammen zu halten und das Geheimnis treu zu bewahren. Wir kamen überein, die Beute an einem sichern Platz zu verstecken, bis das Land wieder in Ruhe sein würde, und sie erst dann unter uns zu teilen. Edelsteine von solchem Wert bei sich zu tragen, wäre damals gefährlich gewesen und hatte gewiß Verdacht erregt. Einen besondern Raum um sie sicher unterzubringen, gab's in der Festung nicht; wir mußten daher den Kasten nach derselben Halle schaffen, wo wir die Leiche begraben hatten. In der am besten erhaltenen Mauer machten wir ein Loch, verbargen unsern Schatz und fügten dann die herausgenommenen Steine wieder ein. Wir bezeichneten die Stelle genau, und am nächsten Tage machte ich vier Pläne, einen für jeden von uns, und setzte das Zeichen der Vier darunter; denn wir hatten geschworen, für einander einzustehen wie ein Mann; keiner sollte einen Vorteil vor dem andern voraus haben. Den Eid – das schwöre ich und lege die Hand aufs Herz – habe ich niemals gebrochen.

"Sie kennen den Verlauf der indischen Meuterei, meine Herren. Nachdem Wilson Delhi genommen und Sir Colin Lucknow entsetzt hatte, war der Widerstand gebrochen. Frische Truppen strömten herzu und Rana Sahib entkam über die Grenze. Ein Detachement unter Hauptmann Greathed nahm Agra ein und vertrieb die Sepoys. Der Friede kehrte ins Land zurück und wir vier fingen an zu hoffen, daß die Zeit nicht fern wäre, da wir uns sicher mit der geteilten Beute aus dem Staube machen könnten. Ein Augenblick aber vernichtete alle unsere Pläne: Wir wurden als die Mörder des Kaufmanns Achmet festgenommen.

"Das kam so: als der Rajah dem Achmet seine Juwelen übergab, that er es, weil er wußte, daß es ein zuverlässiger Mann sei. Aber im Osten sind die Leute mißtrauisch. Was thut der Rajah also? Er stellte einen zweiten, noch zuverlässigeren Diener an, um bei dem ersten den Spion zu spielen. Der zweite Mann ließ den Achmet nicht aus den Augen und folgte ihm wie sein Schatten. In jener Nacht ging er ihm nach, und sah ihn in dem Thorweg verschwinden. Natürlich glaubte er, Achmet habe Zuflucht in der Festung gefunden. Als er sich aber am nächsten Tage selbst dort Einlaß verschaffte, konnte er keine Spur von Achmet finden. Das schien ihm so merkwürdig, daß er mit einem Feldwebel davon sprach und bald kam es dem Kommandanten zu Ohren. Er befahl, sogleich eine gründliche Nachsuchung zu halten, und der Leichnam wurde entdeckt. Gerade als wir uns ganz sicher glaubten, wurden wir alle vier ergriffen, des Mords angeklagt und vor Gericht gebracht – drei von uns hatten in jener Nacht die Thorwache gehabt, der vierte war in Gesellschaft des Ermordeten gesehen worden. Von den Juwelen kam bei dem Verhör nicht ein Wort heraus, denn der Rajah war abgesetzt und aus Indien vertrieben worden; es hatte daher niemand ein Interesse daran. Der Mord wurde jedoch klar erwiesen und es bestand kein Zweifel, daß wir alle vier daran beteiligt sein mußten. Die drei Sikhs wurden zu lebenslänglicher Zwangsarbeit und ich zum Tode verurteilt. Doch ward mein Urteilsspruch später umgeändert; ich erhielt die gleiche Strafe wie die andern.

"Wir befanden uns in einer sonderbaren Lage. Alle vier schleppten wir die Ketten am Bein und hatten blutwenig Aussicht, jemals wieder los zu kommen, und doch waren wir im Besitz eines Geheimnisses, das jedem von uns Wohnung in einem Palast verschafft hätte, nur konnten wir leider keinen Gebrauch davon machen. Während die herrlichsten Glücksgüter für uns bereit lagen und nur darauf warteten, von uns aufgehoben zu werden, wußten wir uns Puff und Tritt von dem jüngsten Laffen gefallen lassen, mußten Reis essen, Wasser trinken und harte Arbeit thun. Es fraß mir das Herz ab und hätte mich toll machen können; aber ich war immer ziemlich standhaft, und so bezwang ich mich und wartete auf eine günstige Gelegenheit.

"Endlich schien sie mir gekommen. Ich wurde von Agra nach Madras transportiert, und von da nach der Blair-Insel in den Andamanen. Dort waren nur wenige weiße Sträflinge, und da ich mich von Anfang an gut aufgeführt hatte, erhielt ich bald eine bevorzugte Stellung. Mir wurde eine Hütte in Hope-Town angewiesen und ich war so ziemlich mir selbst überlassen. Es ist ein elender, vom Fieber heimgesuchter Ort am Abhang des Mount Harriet. Wo das Stück Land aufhörte, das wir gelichtet hatten, hausten die wilden, eingeborenen Kannibalen, die bei der ersten besten Gelegenheit bereit waren, einen von ihren vergifteten Pfeilen auf uns abzuschießen. Wir waren bei den Erdarbeiten, Grabenleitungen, Yam-Pflanzungen und einem Dutzend anderer Dinge den Tag über hinreichend beschäftigt, aber am Abend hatten wir etwas Zeit für uns frei. Unter anderm lernte ich auch für den Doktor Arzeneien bereiten, und schnappte dies und jenes von seinen Kenntnissen auf. Dabei paßte ich immer auf eine Gelegenheit zur Flucht; allein die Insel ist viele hundert Meilen von jedem andern Land entfernt, und in jenen Meeren weht so gut wie gar kein Wind; da war's fast ein Ding der Unmöglichkeit, fortzukommen.

"Der Arzt, Doktor Sommerton, war ein flotter, junger Bursche, und die andern Offiziere pflegten abends in seiner Wohnung zusammenzukommen und Karten zu spielen. Die Apotheke, in der ich meine Arzeneien bereitete, stieß an das Wohnzimmer; durch ein kleines Fenster sah man hinein. Oft, wenn mir einsam zu Mute war, löschte ich die Lampe in der Apotheke aus, und konnte dann das Gespräch hören und dem Kartenspiel, an dem kleinen Fenster stehend, zusehen. Das machte mir Vergnügen; denn ich spielte selbst gerne Karten. Die Spieler waren Major Scholto, Hauptmann Morstan und Leutnant Bromby Brown, die das Kommando über die eingeborenen Truppen hatten, ferner der Doktor selbst und zwei oder drei Gefängnisbeamte; eine sehr gemütliche, kleine Gesellschaft. Etwas fiel mir aber dabei auf: nämlich die Offiziere verloren immer und die Zivilisten gewannen. Das soll durchaus nicht heißen, daß irgend etwas Ungehöriges geschah; ich erwähne nur die Thatsache. Die alten Gefängnisinspektoren hatten, seit sie in den Andamanen waren, wenig anderes gethan, als Karten gespielt, und ›Uebung macht den Meister‹. Die andern aber spielten nur zum Zeitvertreib, und warfen ihre Karten gleichgültig hin, wie es gerade kam. Einen Abend nach dem andern standen die Offiziere als ärmere Leute vom Spieltisch auf und je ärmer sie wurden, desto begieriger waren sie auf das Spiel. Major Scholto erging es am schlimmsten. Er pflegte zuerst in Banknoten und Gold zu zahlen, aber bald stellte er Wechsel aus, und zwar auf große Summen. Manchmal gewann er eine Weile, wie um ihm Mut zu machen, und dann kehrte das Glück sich wieder mehr als je gegen ihn. Den ganzen Tag irrte er umher, finster wie eine Gewitterwolke und legte sich weit mehr aufs Trinken, als ihm gut war.

"Eines Abends verlor er noch mehr als sonst. Ich saß gerade in meiner Hütte, als er mit Hauptmann Morstan auf dem Wege nach ihrem Quartier daherkam. Die beiden waren Busenfreunde und unzertrennlich. Der Major schien ganz rasend über seine Verluste.

"›Es ist aus mit mir, Morstan,‹ sagte er. ›Ich muß den Abschied nehmen; ich bin zu Grunde gerichtet.‹

"›Unsinn, alter Kamerad,‹ sagte der andere, ihm auf die Schulter klopfend. ›Ich habe auch einen bösen Hieb bekommen, aber —‹

"Das war alles, was ich hören konnte; aber es ging mir im Kopf herum.

"Ein paar Tage später schlenderte Major Scholto an der Bucht entlang. Da nahm ich die Gelegenheit wahr, ihn anzureden.

"›Ich möchte Sie um Ihren Rat ersuchen, Herr Major,‹ sagte ich.

"›Was giebt's, Small?‹ fragte er, die Zigarre aus dem Munde nehmend.

"›Ich wollte Sie etwas fragen, Herr Major. Wer ist wohl die richtige Person, an die ein versteckter Schatz übergeben werden sollte? Ich weiß, wo eine halbe Million verborgen liegt, und da ich selbst keinen Gebrauch davon machen kann, so dachte ich, es wäre eigentlich das beste, den Schatz der betreffenden Behörde zu übergeben; es wäre doch möglich, daß man mir meine Strafzeit dafür abkürzt.‹

"›Eine halbe Million, Small?‹ – stieß er mit offenem Munde hervor. Dabei sah er mich scharf an, ob das mein Ernst sein könnte.

"›Gewiß, Herr – die Juwelen und Perlen liegen da, bereit für jedermann. Das Merkwürdigste dabei ist noch, daß der wirkliche Eigentümer ausgewiesen und geächtet ist, und kein Besitzrecht mehr geltend machen kann, so daß der Schatz dem gehört, welcher zuerst kommt.‹

"›Der Regierung, Small, der Regierung,‹ stammelte er. Aber es wollte ihm schwer über die Lippen, und mir war's so gut wie gewiß, daß ich ihn in Händen hatte.

"›Sie meinen also, Herr Major, daß ich dem General-Gouverneur Anzeige machen sollte?‹ sagte ich ganz ruhig.

"›Vor allem müßt Ihr's nicht übereilt thun, was Euch gereuen könnte, Small. Laßt mich erst das Nähere hören. Teilt mir den Sachverhalt mit.‹

"Ich erzählte ihm die ganze Geschichte mit kleinen Abänderungen, so daß er den Versteck nicht ausfindig machen konnte. Als ich fertig war, blieb er stockstill und stand in tiefen Gedanken da. Ich konnte am Zucken seiner Lippen sehen, wie es in ihm arbeitete.

"›Das ist eine sehr wichtige Sache, Small,‹ sagte er endlich. ›Ihr müßt nicht ein Wort davon gegen irgend jemand äußern; wir sprechen bald weiter davon.‹

"Zwei Abende nachher kamen er und sein Freund, Hauptmann Morstan, in der Stille der Nacht mit einer Laterne in meine Hütte.

"›Ich möchte, Small, daß Hauptmann Morstan hier die Geschichte aus Eurem eigenen Munde hörte,‹ sagte er.

"Ich wiederholte, was ich ihm berichtet hatte.

"›Mir klingt es nicht ganz unwahrscheinlich,‹ bemerkte er. ›Was meinst du, Morstan, soll man der Sache näher treten?‹

"Der Hauptmann nickte.

"›Hört einmal, Small,‹ sagte der Major, ›mein Freund hier und ich haben es miteinander besprochen und wir sind zu dem Schluß gekommen, daß Euer Geheimnis die Regierung im Grunde gar nichts angeht, sondern Eure Privatangelegenheit ist, bei der Ihr natürlich das Recht habt, nach Eurem Ermessen zu handeln. Die Frage ist nun, welchen Preis Ihr dafür verlangen würdet. Wir wären nicht abgeneigt, uns mit der Sache zu befassen, wenn wir über die Bedingungen einig werden können.‹ Er bemühte sich in kühlem, gleichgültigem Ton zu sprechen, aber seine Augen glänzten vor Aufregung und Begierde.

"›Je nun, was das anbetrifft, meine Herren,‹ erwiderte ich, äußerlich ruhig, aber innerlich nicht weniger erregt als sie, ›es giebt nur einen Vertrag, den ein Mann in meiner Lage machen kann. Ich verlange von Ihnen, daß Sie uns zur Freiheit verhelfen, meinen drei Kameraden und mir. Dann werden wir Sie in unsern Bund aufnehmen und Ihnen ein Fünftel zusprechen, das Sie unter sich teilen können.

"›Hm!‹ sagte er. ›Ein Fünftel! Das ist nicht sehr verlockend.‹

"›Es würden fünfzigtausend Pfund auf jeden von Ihnen kommen.‹

"›Aber wie sollen wir Euch frei machen? Es ist ein Ding der Unmöglichkeit, was Ihr verlangt.‹

"›Ganz und gar nicht,‹ erwiderte ich. ›Ich habe es mir bis auf die kleinsten Einzelheiten ausgedacht. Das einzige Hindernis unserer Flucht ist, daß wir kein passendes Boot für die Reise erlangen können und keinen Mundvorrat, der lange genug ausreicht. In Kalkutta oder Madras giebt es kleine Segelboote und Schaluppen in Menge, die sehr gut für unsern Zweck passen würden. Schaffen Sie uns ein Fahrzeug, wie wir es brauchen, hierher; lassen Sie uns bei Nacht an Bord gehen und setzen Sie uns irgendwo an der indischen Küste ab. Dann ist Ihr Teil des Vertrags erfüllt.‹

"›Wenn es sich nur um *einen* handelte —‹ sagte er.

"› *Keiner* oder *alle*,‹ antwortete ich. ›Wir haben's geschworen. Wir vier müssen immer zusammenhandeln.‹

"›Du siehst, Morstan,‹ sagte er, ›Small ist ein Mann von Wort. Er läßt nicht von seinen Freunden. Ich denke, wir können ihm trauen.‹

"›Es ist ein unsauberes Geschäft,‹ erwiderte der andere, ›aber du hast ganz recht, das Geld kommt uns sehr gelegen, um unser Offizierspatent zu retten.‹

"›Nun gut, Small,‹ sagte der Major, ›wir wollen Euch so viel wie möglich entgegenkommen. Vor allem müssen wir aber natürlich die Wahrheit Eurer Geschichte prüfen. Sagt mir, wo der Kasten versteckt ist, ich werde Urlaub nehmen und bei der nächsten monatlichen Ablösung nach Indien hinüberfahren, um die Sache zu untersuchen.‹

"›Nicht so schnell,‹ versetzte ich und wurde kühler, je mehr er sich erhitzte. ›Ich muß erst die Zustimmung meiner drei Kameraden haben. Ich sage Ihnen, daß es bei uns heißt: *vier* oder *keiner.*‹

"›Unsinn,‹ platzte er heraus. ›Was haben die drei schwarzen Kerle mit unserem Uebereinkommen zu thun?‹

"›Schwarz oder weiß,‹ sagte ich, ›sie gehören zu mir und wir halten fest zusammen.‹

"Kurz und gut, es kam zu einer zweiten Zusammenkunft, bei welcher Mahomet Singh, Abdullah Khan und Dost Akbar alle zugegen waren. Die ganze Sache wurde nochmals durchgesprochen und schließlich gelangten wir zu einem Einverständnis. Jeder der beiden Offiziere sollte einen Plan der Festung erhalten, in welcher der Platz in der Mauer bezeichnet war, wo der Schatz verborgen lag. Major Scholto sollte nach Indien gehen, um unsere Angaben zu prüfen, den Kasten aber an Ort und Stelle lassen. Nachdem er dann eine kleine Schaluppe mit dem nötigen Reisebedarf versehen hatte, sollte er sie nach der Rutland-Insel schicken, wo wir an Bord gehen würden. Er selbst sollte hierauf wieder seinen Dienst antreten, Hauptmann Morstan dagegen um Urlaub bitten, Mit ihm wollten wir in Agra zusammentreffen, die schließliche Teilung des Schatzes vornehmen und ihm des Majors Anteil zugleich mit dem seinigen übergeben. Alles dieses besiegelten wir mit den feierlichsten Schwüren, die der Menschengeist erdenken und die Lippen aussprechen können. Ich saß die ganze Nacht auf, mit Tinte und Papier, und als es tagte, hatte ich zwei Pläne fertig, unterschrieben mit dem Zeichen der Vier und Abdullahs, Akbars, Mahomets und meinem Namen.

"Aber meine lange Geschichte ermüdet Sie gewiß, meine Herren, und Sie brennen darauf, mich sicher hinter Schloß und Riegel zu haben. Ich will's so kurz machen, wie ich kann. Der Schurke Scholto machte sich nach Indien auf, kam aber niemals zurück. Hauptmann Morstan zeigte mir sehr bald nachher seinen Namen auf der Passagierliste eines Postdampfers. Sein Onkel war gestorben und hatte ihm ein Vermögen hinterlassen; trotzdem konnte er so niederträchtig sein, fünf Männer auf schändliche Weise zu betrügen. Morstan ging kurz darauf nach Agra und fand, wie wir erwarteten, daß der Schatz wirklich fort war. Der Spitzbube hatte alles gestohlen, ohne eine einzige der Bedingungen zu erfüllen, unter welchen wir ihm das Geheimnis anvertraut hatten. —

Von dem Tage an lebte ich nur noch um Rache zu nehmen. Ich dachte daran bei Tage und zehrte davon bei Nacht. Es wurde bei mir zu einer Leidenschaft, die alles andere überwältigte und verschlang. Ich fragte nichts nach dem Gesetz, nichts nach dem Galgen. Mein einziger Gedanke war zu entkommen, Scholto aufzuspüren, die Hand an seiner Kehle zu haben. Selbst der Agra-Schatz trat bei mir in den Hintergrund gegen den Durst, mich an Scholto zu rächen. Was ich mir im Leben vornehme, habe ich noch immer durchgesetzt. Aber diesmal vergingen mühselige Jahre, ehe meine Zeit kam. Ich habe vorhin erwähnt, daß ich einige medizinische Kenntnisse gesammelt habe. Eines Tages nun, als Doktor Sommerton gerade am Fieber darnieder lag, fanden Sträflinge einen kleinen, eingeborenen Andamanen im Walde liegen, der todkrank war und sich nach einem einsamen Platz geschleppt hatte, um zu sterben. Er war zwar giftig wie eine junge Schlange, aber ich machte mich doch ans Werk, und nach ein paar Monaten hatte ich ihn richtig wieder auf die Beine gebracht. Seitdem faßte er eine Art Zuneigung zu mir; er wollte nicht in seine Wälder zurück, sondern lungerte immer um meine Hütte herum. Ich hatte etwas von seinem Kauderwälsch gelernt und das machte mich ihm nur um so lieber.

Tonga, – so hieß er – war ein tüchtiger Ruderer und besaß ein eigenes, großes Kanoe. Als ich sah, daß er mir ergeben war, und alles thun würde mir zu dienen, schien mir die Gelegenheit zur Flucht gekommen. Ich verabredete alles mit ihm. In einer bestimmten Nacht sollte er sein Boot an eine alte Werft bringen, die längst nicht mehr bewacht wurde, und mich dort aufnehmen. Auch trug ich ihm auf, mehrere Kürbisflaschen mit Wasser, eine gute Menge Yams, Kokosnüsse und süße Kartoffeln einzuladen. Der kleine Tonga war zuverlässig und treu. Einen ergebeneren Genossen hat kein Mensch je gehabt. Er traf zur bestimmten Zeit mit seinem Boot ein und ehe eine Stunde verging, waren wir weit draußen im Meer. Tonga hatte seine ganze irdische Habe mitgenommen, seine Waffen und seine Götzen, Aus dem langen Spieß von Bambusrohr, den er bei sich führte und seinen Kokosnußmatten, verfertigte ich eine Art Segel. Zehn Tage schwammen wir aufs Geratewohl umher; am elften Tage endlich war uns das Glück günstig. Wir wurden von einem Handelsschiff aufgenommen, das mit einer Ladung malayischer Pilger von Singapore nach Jiddah fuhr. Es war eine wunderliche Gesellschaft und wir fanden uns bald unter ihnen zurecht, Tonga und ich. Eine sehr gute Eigenschaft hatten sie: Sie ließen uns zufrieden und stellten keine Fragen.

"Wenn ich Ihnen alle Abenteuer erzählen sollte, die mein kleiner Kamerad und ich durchgemacht haben, so würden Sie mir's nicht danken, denn ich würde kein Ende finden, bis die Sonne wieder aufgeht. Wir schweiften weit in der Welt umher; immer kam etwas dazwischen, was uns hinderte, London zu erreichen. Die ganze Zeit über habe ich aber meinen Zweck nie aus den Augen verloren. In jeder Nacht träumte ich von Scholto. Wohl hundertmal habe ich ihn im Schlaf umgebracht. Endlich, vor etwa drei bis vier Jahren, gelangten wir nach England. Ich fand Scholtos Aufenthaltsort ohne große Schwierigkeit und machte mich sogleich daran, zu entdecken, ob er den Schatz zu Gelde gemacht hätte oder nicht. Ich befreundete mich mit einem Manne, der mir helfen konnte – seinen Namen nenne ich nicht, denn ich will niemand ins Unglück bringen. Von ihm erfuhr ich, daß Scholto die Juwelen noch hatte, und versuchte nun auf mancherlei Weise in des Majors Nähe zu gelangen; aber er war schlau und hielt immer zwei Boxer zu seiner Bewachung, außer seinen beiden Söhnen und dem indischen Diener.

"Eines Tages aber wurde mir gemeldet, daß er im Sterben läge. Sogleich eilte ich nach dem Garten in der Hoffnung, doch noch Vergeltung an ihm üben zu können. Ich schlich mich ans Fenster und sah ihn auf dem Bette liegen, neben dem seine beiden Söhne standen. Schon wollte ich in das Zimmer einsteigen und es mit allen Dreien aufnehmen, als ich sah, wie seine Kinnlade herunterfiel; nun wußte ich, daß es aus mit ihm war. Noch in derselben Nacht drang ich jedoch in sein Zimmer und durchsuchte seine Papiere, um irgend einen Nachweis zu finden, wo er den Schatz verborgen habe. Aber alles Forschen war umsonst und voll Haß und Bitterkeit im Herzen ging ich wieder davon. Vorher aber schrieb ich noch das Zeichen der Vier auf ein Blatt, wie es auf dem Plan gewesen war und steckte es ihm an die Brust, damit er es mit ins Grab nehmen sollte, dies Zeichen der vier Männer, die er bestohlen und betrogen hatte.

"Eine Zeit lang gewannen wir unsern Unterhalt dadurch, daß ich den armen kleinen Tonga auf Messen und in Schaubuden als schwarzen Kannibalen sehen ließ. Er pflegte rohes Fleisch zu essen und tanzte seinen Kriegstanz. So hatten wir immer einen Hut voll

Kupferstücke nach jeder Tagesarbeit. Was sich unterdessen in Pondicherry-Lodge zutrug, wurde mir getreulich berichtet. Ein paar Jahre lang geschah nichts Neues, außer, daß überall nach dem Schatz gesucht wurde. Endlich aber kam die Nachricht, auf die ich so lange gewartet hatte. Der Schatz war gefunden. Er war im Giebel des Hauses, im chemischen Laboratorium des Herrn Bartholomäus Scholto. Aber wie sollte ich mit meinem hölzernen Bein da hinaufkommen? Es schien unmöglich, bis ich von einer Fallthür im Dach hörte und zugleich erfuhr, um welche Stunde Bartholomäus Scholto zur Nacht speiste. Na konnte mir Tonga behülflich sein. Er mußte sich einen langen Strick um den Leib winden und da er klettern konnte wie eine Katze, war für ihn der Weg über das Dach eine Leichtigkeit. Herr Scholto war aber leider noch in dem Zimmer – zu seinem Unheil. Tonga dachte, er hätte etwas Kluges gethan, daß er seinen Bolzen auf ihn abschoß; denn als ich am Seil emporkam, fand ich ihn wie einen Pfau umherstolzieren. Er war auch höchlich verwundert, als ich mit dem Tauende über ihn herfiel und grimmig auf den kleinen, blutdürstigen Kobold fluchte. Ich ließ nun zuerst den Juwelenkasten am Seil hinunter und glitt dann selbst hinab, nachdem ich das Zeichen der Vier auf den Tisch gelegt zum Beweis, daß die Juwelen endlich in die Hände ihrer rechtmäßigen Besitzer zurückgelangt seien. Tonga zog den Strick wieder in die Höhe, verschloß das Fenster und machte sich auf demselben Wege davon, den er gekommen war.

"Wie es uns weiter erging, wissen Sie bereits. Ich hatte die Bootsleute über die Geschwindigkeit von Smiths Dampfboot ›Aurora‹ sprechen hören und dachte, dies Fahrzeug bei unserer Flucht zu benützen. Dem alten Smith versprach ich eine ansehnliche Summe, wenn er uns sicher zu unserem Schiff brachte; von dem Geheimnis erfuhr er jedoch nichts. Ich erzähle Ihnen das alles, meine Herren, nicht zu Ihrer Kurzweil – denn Sie verdienen meinen Dank nicht – sondern damit die ganze Welt erfährt, wie schlecht Major Scholto uns mitgespielt hat und wie unschuldig ich an dem Tode seines Sohnes bin."

"Ein sehr merkwürdiger Bericht," sagte Sherlock Holmes. "Also ihr hattet ein eigenes Seil mitgebracht? Das wußte ich nicht. – Sagt mir nur, wie es kam, daß Tonga noch einen Bolzen aus dem Boot nach uns hat schießen können; ich hoffte doch, er hätte sie alle verloren."

"Freilich, Herr, alle bis auf einen, der gerade in seinem Blasrohr steckte."

"Aha, natürlich," rief mein Gefährte, "daran hatte ich nicht gedacht." Jetzt wurde Athelney Jones ungeduldig. "Ich habe Ihnen den Willen gethan, Holmes," sagte er, "es ist aber hohe Zeit, daß wir unsern Erzähler in sicheres Gewahrsam bringen. Die Droschke wartet noch, und unten sind zwei Polizisten. Vielen Dank für Ihren Beistand. Natürlich werden Sie beide im Verhör zugegen sein müssen. Einstweilen gute Nacht."

"Gute Nacht, meine Herren," sagte Jonathan Small.

"Geht nur voraus, Small, daß ich Euch im Auge behalten kann." Das waren die letzten Worte des vorsichtigen Jones, als sie das Zimmer verließen.

SCHLUß.

"Also das ist nun das Ende unseres kleinen Dramas," bemerkte ich, nachdem wir einige Zeit schweigend unsere Zigarren geraucht hatten. "Ich fürchte, es wird die letzte Untersuchung sein, bei der ich Gelegenheit habe, Ihre Methoden zu studieren. Fräulein Morstan hat mir die Ehre erwiesen, mich als künftigen Gatten anzunehmen."

Holmes ächzte kläglich auf.

"Das habe ich gefürchtet," sagte er, "ich kann Ihnen wirklich nicht gratulieren."

Ich war ein wenig verletzt. "Haben Sie irgend eine Ursache mit meiner Wahl unzufrieden zu sein?"

"Durchaus nicht, im Gegenteil. Ich denke sie ist eine der liebenswürdigsten jungen Damen, die ich jemals getroffen habe; auch wäre sie bei der Art von Arbeit, wie wir sie eben durchgemacht haben, vortrefflich zu gebrauchen. Sie besitzt ein entschiedenes Talent in der Richtung. Hätte sie sonst wohl den Agra-Plan vor allen andern Papieren ihres Vaters sorgfältig aufbewahrt? Aber die Liebe ist ein Ding voll Gemütsbewegungen und alles was gefühlvoll ist, steht der ruhigen, gesunden Vernunft entgegen, die ich über alles schätze. Ich selbst würde niemals heiraten, aus Furcht, mein klares Urteil zu beeinträchtigen."

"Ich hoffe," sagte ich lachend, "daß mein Urteilsvermögen die Probe überleben wird. Aber Sie sehen angegriffen aus, Holmes!"

"Ja, die Reaktion hat sich schon eingestellt; ich werde die nächste Woche hindurch so schlaff sein, wie ein Waschlappen."

"Sonderbar," sagte ich, "wie bei Ihnen die Zustände wechseln. Auf Perioden von beispielloser Thatkraft und Ausdauer folgen Anfälle, die man bei einem andern Menschen *Trägheit* nennen würde."

"Ganz recht," versetzte er, "in mir steckt eben das Material zu einem faulen Nichtsnutz und zugleich zu einem ganz aufgeweckten, tüchtigen Kerl. Ich denke oft an die Worte des alten Goethe:

›Schade daß die Natur nur einen Menschen aus dir schuf. Denn zum würdigen Mann war, und zum Schelmen der Stoff.‹

"Aber um noch einmal auf die Norwood-Angelegenheit zurückzukommen: Sie sehen, daß Small, wie ich vorausschaute, einen Verbündeten im Hause gehabt hat. Das kann niemand anderes sein, als Lal Rao der Hausmeister; so hat denn wirklich Jones die unbestrittene Ehre, *einen* Fisch bei seinem großen Fischzug ganz allein gefangen zu haben."

"Der Lohn ist sehr ungerecht verteilt," bemerkte ich. "Sie haben alle Arbeit bei dem Geschäft gethan. Ich bekomme eine liebe Frau, Jones trägt den Ruhm davon – was bleibt für Sie?"

"Für mich?" sagte Sherlock Holmes – "für mich bleibt noch die Cocaïn-Flasche." Und er streckte seine schmale, weiße Hand danach aus.

www.ingramcontent.com/pod-product-compliance
Lightning Source LLC
Chambersburg PA
CBHW060436130626
46555CB00005B/2384